黒い光が爆発するように手元から溢れ出し、
フェイは剣を抜き放った。
神器召喚——クロノが知る限り最強の神威術だ。
だが、女性は親指と人差し指で受け止めた。
いや、刃を親指と人差し指で摘まんだというべきか。
ワシは『——』じゃ」
女性が名乗るが、クロノは彼女の名前を理解できなかった。
クロの戦記13
異世界転移した僕が最強なのは
ベッドの上だけのようです

「ぶっちゃけ、ワシは人生経験の塊じゃし、
怪しげな占い師よりよっぽど稼げると思ったんじゃが……、
世の中は上手くいかんの～」
神官さん
神聖アルゴ王国から
エルフたちと亡命してきた
漆黒神殿の大神官。
神に近しい力を持つが、
働いたら負けだと思っている。
酒好き。

「割とぽんこつな所がある神官さんに
人生相談すること自体が悪手というか」
クロノ
エラキス侯爵領の領主様。
今回、神聖アルゴ王国への
工作部隊を取りまとめることに。
シオン
クロノの援助で黄土神殿の
神官長にまで出世した。
その結果、王国での工作に
協力することに。
「やっぱり、王国の神官は
おかしな人ばかりです」

「体力の限界に挑戦した感想はどうだ？」
そう言って、ティリアはシーツを体に巻き付けた。

クロの戦記13

異世界転移した僕が最強なのは
ベッドの上だけのようです

サイトウアユム

HJ文庫
1125

口絵・本文イラスト　むつみまさと

Record of Kurono's War
isekaiteni sita boku ga saikyou nanoha
bed no uedake no youdesu

序章『手紙』

帝国暦《ていこくれき》四三二年五月上旬《じょうじゅん》昼――クロノは書類を手に取った。
版画機で刷った露店《ろてん》の営業許可に関する書類だ。
不備がないことを確認《かくにん》して机の上に置く。
以前は羽根ペンで署名をしなければならなかった。
だが、今は違《ちが》う。
あるものを手に取り、ギュッと書類に押《お》しつける。
そして、書類から離《はな》す。すると、クロノの名前が印字されていた。
そう、あるものとは判子のことだ。
元の世界では廃《すた》れつつあったが、この世界では現役《げんえき》。クロノの心強い味方だ。
判子最高ッ！　と拳《こぶし》を突《つ》き上げたその時、扉《とびら》を叩《たた》く音が響《ひび》いた。
「どうぞ！」
「……失礼いたします」

声を張り上げると、扉が開いた。扉を開けたのはアリッサだ。恭《うやうや》しく一礼して口を開く。

「旦那様《だんなさま》、帝都《ていと》から手紙が届きました」

「うん、持ってきて」

「承知いたしました」

アリッサはしずしずと歩み寄り、机の上に封筒《ふうとう》を置くと距離《きょり》を取った。

文面を目にしないようにという配慮《はいりょ》だ。

彼女《かのじょ》の気遣《きづか》いに感謝しながら封筒から便箋《びんせん》を取り出し、書かれた文章を目で追う。

そこには神聖アルゴ王国への工作――王室派への支援《しえん》が決定した旨《むね》が記されていた。

クロノの作戦を採用することや志願兵を募《つの》ることもだ。

ついにこの時が来た。不安と期待が入り混じったような感情が湧《わ》き上がる。

いや、不安の方が強いか。手紙は公的な文書と見なされない。

今回の作戦は非公式同然なのだ。捨て駒《ごま》にされる可能性も否定できない。

それでも、と牙《きば》の首飾《くびかざ》りを握《にぎ》り締《し》める。すると、アリッサがおずおずと口を開いた。

「旦那様、私は部下の監督《かんとく》がありますので……」

「気を遣《つか》わせて、ごめんね」

「いえ……」

アリッサが執務室《しつむしつ》を出て行き、クロノは居住まいを正した。
作戦開始までにやるべきことは沢山《たくさん》ある。
まずは部下を集めて会議だ。そこで今後のことを話し合う。
関係各所への根回しも欠かせない。
通信用マジックアイテムに手を伸《の》ばして動きを止める。
直接伝えた方がいいのではないかと思ったのだ。
街の様子をこの目に焼き付けておきたいという思いもあった。
「流石《さすが》にシルバートンにいるケインに直接伝えるのは無理だけど……」
クロノは小さく呟《つぶや》き、超長距離《ちょうちょうきょり》通信用マジックアイテムの端末《たんまつ》を引き寄せた。

第一章『会議』

　クロノは侯爵邸《こうしゃくてい》から出ると視線を巡《めぐ》らせた。侯爵邸の敷地内《しきちない》にある二つの工房《こうぼう》——ゴルディの工房と紙工房では職人達《たち》が忙《いそが》しく動き回っている。どちらの工房も順調に稼働《かどう》しているようだ。そのことに安堵《あんど》にも似た思いを抱《いだ》いた次の瞬間《しゅんかん》、背後からガチャという音が響いた。反射的に振《ふ》り返る。すると、二人の女性が侯爵邸から出てくる所だった。マリナとリルカの二人だ。エレインの元部下で今はワイズマン先生のもとで教師として働いている。マリナが小首を傾《かし》げて口を開く。

「クロノ様、おはようございます」

「おはようございます」

　クロノは挨拶《あいさつ》を返した。ところで、と続ける。

「二人ともワイズマン先生が何処《どこ》にいるかご存じないですか？　職員室にはいなくて……」

「校長先生でしたら練兵場《れんぺいじょう》にいらっしゃると思います」

　ああ、とクロノは声を上げた。ワイズマン先生には新戦術の研究もお願いしている。職員室にいない時点で気付くべきだった。足を踏《ふ》み出そうとして思い直す。折角《せっかく》だから二人と話しておこうと思ったのだ。

「教師として雇《やと》ってから大分経《た》ちますが、働いてみてどうですか？」

「大変と感じることはありますが、皆《みな》さんの学習意欲の高さと校長先生から頂いた教本に助けられています。そういえば教本はクロノ様が書かれたと伺《うかが》っていますが……」

「うん、まあ、書いたと言えば書いたかな？」

クロノは口籠《くちご》もりながら答えた。二人が使っている教本はクロノがレイラに勉強を教えた時の覚え書きがベースになっている。教本という形に落とし込《こ》んだのはワイズマン先生なので自分の手柄《てがら》のように言われるのは困るが、何もしていないと思われるのもちょっとという代物《しろもの》だ。だからこそ、口籠もった訳だが——。

それにしても、どうしてそんなことを聞くのだろう。やはり、エレインから情報収集を命じられているのだろうか。訝《いぶか》しんでいると、あら？　とリルカが声を上げた。視線はクロノの背後に向けられている。振り返ると、一人の獣人《じゅうじん》がやって来る所だった。クロノの前で立ち止まり、敬礼をする。

「まだ授業まで間があるけど、どうしたの？」

「私は日直です」

「日直？」

「はい、先生方の負担を軽減するために当番制でお手伝いをしております」

「そうなんだ。お疲《つか》れ様《さま》」

「いえ、当然のことですから」

獣人が背筋を伸ばして応じ、クロノはマリナとリルカに向き直った。

「お時間を取らせてしまい、すみませんでした」

「こちらこそ、申し訳ありません。では、私達はこれで……」

マリナ達がその場を去り、クロノは学校が上手《うま》く機能していることに満足感を覚えながらゴルディの工房に向かった。クロノに気付いたのだろう。あと少しで工房という所でゴルディがこちらに近づいてきた。

「おお、クロノ様。また面白《おもしろ》アイテムの制作依頼《いらい》ですかな？」

「今日は違うよ」

「そうですか」

クロノが手を左右に振って言うと、ゴルディはがっくりと肩《かた》を落とした。面白アイテムとは手錠《てじょう》などのことだろう。ここまで期待されると、アイディアを捻《ひね》り出さねばという気になる。だが、悲しいかな。ネタ切れだ。

「面白アイテムの制作依頼ではないとすると……」

「実は夜に会議をしようと思って」

「承知しましたぞ」

クロノはゴルディの肩を叩き、侯爵邸の敷地《しきち》を出た。直後——。

「旦那様！」

可愛《かわい》らしい声が響いた。声のした方を見ると、アリスンが駆《か》け寄ってくる所だった。クロノの前で立ち止まり、ぺこりと頭を下げる。

「旦那様、お疲れ様です」

「アリスンは私塾《しじゅく》の帰り？」

「はい！」

アリスンは元気よく返事をした。ふと視線を感じて周囲を見回す。すると、塀《へい》の陰《かげ》からシロとハイイロがこちらを見ていた。

「シロとハイイロが塀の陰からこっちを見てるんだけど……、気付いてる？」

「もちろんです」

「なんで、離れて見てるんだろう？」

「公私の区別をきちんと付けたいと言ってました」

「そうなんだ」

はい、とアリスンは頷《うなず》いた。二人の気持ちは評価したいが、距離を置いて付いて来るくらいなら開き直った方がいいのではなかろうか。

「いつもごめんね」

「突然《とつぜん》、謝《あやま》られてどうかなさったんですか？」

「お母さん――アリッサを長時間拘束《こうそく》してるからさ。寂《さび》しいんじゃないかなって」

「それは……」

アリスンは口籠もり、しょんぼりと俯《うつむ》いた。ますます申し訳ない気分になる。気持ちが伝わったのか、アリスンがハッと顔を上げる。

「大丈夫《だいじょうぶ》です！　ワンちゃん達がとてもよくしてくれますし、私は母が旦那様のもとで働いていることを誇《ほこ》りに思ってますッ！」

「そう言ってもらえると助かるよ」

アリスンが捲《まく》し立てるように言い、クロノは苦笑《くしょう》した。こんな小さな子に気を遣わせるとは自分はまだまだだ。

「ん？　ワンちゃん達？」

「シェイナさんやフィーさん――母の部下の方達です。あと、お会いする機会はあまりありませんが、シェーラさんにお菓子《かし》を頂いたり」

「ああ、なるほど……」

アリスンがごにょごにょと言い、クロノは頷いた。

「そういえば私塾の方はどう？」

「と仰《おつしや》いますと？」

「前に——私塾に通い始めた頃《ころ》かな？　悩《なや》んでたからちょっと気になって」

「あれは……」

アリスンは口籠もり、恥《は》ずかしそうに頬《ほお》を赤らめた。

「で、どうなの？」

「今は大丈夫です。今日の試験でも満点でした」

「頑張《がんば》ってるんだね」

「あ……」

クロノが頭を撫《な》でると、アリスンは小さく声を上げた。子ども扱《あつか》いされて照れているのか、それとも単純に恥ずかしいだけか。ますます真っ赤になってしまう。

「アリッサも鼻が高いだろうね」

「……」

誉《ほ》めたつもりだったのだが、アリスンは俯いてしまった。

「どうかしたの？」

「はい、いえ、その……」

「怒《おこ》らないから言ってご覧」

「実は母を困らせてしまったみたいで……」

アリスンは蚊《か》の鳴くような声で言った。困らせてしまったとはどういうことだろう。訝しんでいると、アリスンがもごもごと口を動かした。

「先日も試験があって、その時も満点を取れたんですけど……、いつか勉強で旦那様のお役に立ちたいと言ったら……」

「……ああ」

クロノはやや間を置いて声を上げた。思い当たる節があったからだ。二週間くらい前のことだろうか。廊下《ろうか》でアリッサとぶつかってしまい、アダルティな下着を拝見することになったのだが、その時に悩み事《ごと》があると言っていた。女将《おかみ》に探《さぐ》りを入れてもらったものの分からずじまいで心配していたのだが、あれはこのことだったのだ。もちろん、アリッサには十分な給料を払《はら》っているが、アリスンに領地経営に携《たずさ》われるだけの教養を身に付けさせるに足る額かといえばそんなことはない。

「私はいけないことを言ってしまったのでしょうか？」

「いや、その……」

今度はクロノが口籠もる番だった。子どもに母親が学費の件で悩んでいるのではないかと言うのはどう考えても間違《まちが》っている。

「旦那様？」

「…………分かった」

クロノはかなり悩んだ末に間違うことにした。

「ただ、これは、とても繊細《せんさい》な問題だからアリスンの心の中に留《とど》めておいて欲《ほ》しい」

「はい……」

「多分、アリッサは学費のことを心配してると思うんだ」

アリスンが神妙《しんみょう》な面持《おもも》ちで頷き、クロノは自身の考えを口にした。

「僕《ぼく》の役に立つ——領地経営に携われるレベルとなると沢山お金が必要だからね」

「そんなに掛《か》かるんですか？」

「掛かる。うちの経理担当のエレナは自由都市国家群《じゆうとしこっかぐん》に留学経験があるし、事務官も軍学校卒業か、それ以上の教養があるはず」

「私、母を困らせるつもりじゃ……。でも、それならそう言ってくれれば……」

「子どものためにできる限りのことをしてやりたいと思うのが親なんだよ」

「それは分かってます。でも……」

それっきりアリスンは黙《だま》り込んでしまった。

「もし、アリスンが本気で夢を叶《かな》えたいと思うなら僕はできる限り援助《えんじょ》したいと思う」

「──ッ！」

クロノの言葉にアリスンはハッとしたような表情を浮《う》かべた。

「でも、旦那様にそこまでして頂く訳には……」

「僕にとって人材を育成するのは特別なことじゃないんだよ」

クロノは新貴族だ。有能な人材を雇おうにもコネと信用がない。有能な人材を確保するには自分で育てるしかないのだ。

「でも、でも……」

「返事は今すぐじゃなくていいよ」

「はい……」

アリスンは神妙な面持ちで頷いた。いや、神妙と形容するには悲愴《ひそう》すぎるか。

「ちなみにこのことは──」

「はい！　旦那様と私だけの秘密ですッ！」

アリスンはクロノの言葉を遮《さえぎ》って言った。そして、ハッと頭《こうべ》を垂れた。

「旦那様の言葉を遮ってしまい、申し訳ございません」

「いいんだよ。ただ、よく考えてね？」

「はい……」

アリスンはやはり悲愴な表情で頷いた。クロノが軽く肩を叩くと、ぎくしゃくとした様子で歩き出す。しばらくしてシロとハイイロが後に続こうとする。

「シロ、ハイイロ、ストップ」

「「――ッ！」」

クロノが声を掛けると、シロとハイイロは背筋を伸ばした。

「夜、会議をするから」

「「了解《りようかい》ッ！」」

行ってよし、とクロノはアリスンの背中を指差した。すると、シロとハイイロはそそくさと後を追った。

※

クロノは商業区の洗練された街並みを進む。神聖アルゴ王国の王室派を支援するにあたり、商人の協力は不可欠だ。とはいえ、こちらの意を汲《く》んでくれない相手は困る。そこでシナー貿易組合だ。もちろん、全面的に信用している訳ではない。だが、クロノはシナー貿易組合の大株主だ。いざとなれば解任をちらつかせて牽制《けんせい》することができる。まあ、そこまでしなくても大丈夫だと思うが——。

「協力してくれる前提で計画を立てておいてなんだけど、素直《すなお》に協力してくれるイメージがないんだよな～」

クロノはぼやいた。最終的には協力してくれるはずだが、それまでに取れるだけのものを取りにくるに違いない。交渉《こうしょう》材料とまでは言わずともせめて『これだけ利益を得るんだから我慢《がまん》してね』と言えるネタが欲しい。どうしたものかと思案を巡らせていると、前方からティリアがやって来た。

「クロノ、奇遇《きぐう》だな」

「……」

ティリアが立ち止まり、声を掛けてくる。だが、クロノは答えなかった。無言で体を左右に傾《かたむ》ける。すると、ティリアが訝しげに眉根《まゆね》を寄せた。

「何をしてるんだ？」

「いや、アリデッドとデネブがいないなって」

「あの二人は仕事だぞ？　一緒《いっしょ》にいる訳ないじゃないか」

「そうなんだけど……、いつも一緒なイメージがあるから」

「いつも一緒な訳ないだろ。ところで、今日は暇《ひま》か？」

「残念ながら今日は忙しいです」

クロノの言葉にティリアは訝しげな表情を浮かべた。

「何かあったのか？」

「妙《みょう》に鋭《するど》いね」

「私がお前と何年付き合ってると思っているんだ」

「え～、ティリアの付き纏《まと》いが始まったのが――」

「付き纏いと言うな」

ティリアはムッとした様子でクロノの言葉を遮った。

「それで、何かあったのか？」

「実は帝都から手紙が届いたんだよ。その件でシナー貿易組合に行こうと思って」

「なるほど、そういうことか。ならば私も一緒に行こう」

「……」

クロノはしげしげとティリアを眺《なが》めた。

「じゃあ、一緒に来てもらおうかな」

「うむ、分かった。分かったが、どうして舐《な》めるような目で私を見たんだ？」

「一緒に来てもらって大丈夫かなって」

「失礼だな、お前は！」

ティリアは声を荒《あら》らげ、ぷいっと顔を背《そむ》けた。機嫌《きげん》を損《そこ》ねてしまったようだ。だが、ここで機嫌を取ろうとするのは悪手だ。しばらくして、ティリアはちらちらとこちらに視線を向けてきた。

「どうして、私を連れて行く気になったんだ？」

「味方は多い方がいいかなと思って」

「そういうことなら一緒に行ってやる」

そう言って、ティリアは歩き出した。スキップしだしそうなほど軽《かろ》やかな足取りだ。早足で後を追い、肩を並べる。ティリアが歩調を落とし、クロノはエレインと駆け引きするネタを探していたことを思い出した。思案を巡らせるが、やはり駆け引きの材料になるネタは思い付かない。ティリアはどうだろう？　と視線を向けると、目が合った。

「何だ？」

「エレインさんと駆け引きするネタって何かないかな？」

「駆け引き？」

「エレインさんは協力を要請《ようせい》したら色々と要求してくると思うんだ。だから、『これだけ利益を得るんだから我慢してね』って言えるネタが欲しいんだよ」

ティリアが鸚鵡《おうむ》返しに言い、クロノはネタを探している理由を説明した。流石にすぐに思い付かなかったのだろう。う～ん、とティリアが唸《うな》る。

「やはり、塩じゃないか？」

「塩？」

「シナー貿易組合に塩を商《あきな》う許可を出したんだろ？」

ああ、と声を上げる。すると、ティリアは小さく溜息《ためいき》を吐《つ》いた。

「忘れてたな？」

「いや、はは、そんな訳ないじゃない、そんな訳」

「……」

誤魔化《ごまか》そうとしたが、無理だったようだ。ティリアは再び小さく溜息を吐き、正面に視線を向けた。何気に傷付く。ややあって、ティリアが口を開く。

「シナー貿易組合は塩の販売網《はんばいもう》を築くのに苦労しているらしいぞ」

「そうなんだ」

　シナー貿易組合に塩を商う許可を出したのはマンダ達を雇ってもらうため。言わばおまけだ。だが、塩の販売網を築くのに苦労しているという話を聞くと、申し訳ない気分になる。それだけでも十分ひどいのに『ふふふ、全て僕の思惑《おもわく》通り』みたいな態度を取るのはどうかと思う。だが、他に駆け引きのネタを思い付かない以上やるしかない。

「そろそろシナー貿易組合だが……、覚悟《かくご》は決まったか？」

「うん……」

「よし、行くぞ」

　クロノが頷くと、ティリアは歩調を速めた。そのままシナー貿易組合に向かう。あと少しという所でドアチャイムの音と共に扉が開いた。扉を開けたのは女性店員だ。女性店員が丁寧《ていねい》に一礼する。

「クロノ様、いらっしゃいませ」

「エレインさんは？」

「少々お待ち下さい」

　女性店員は丁寧に一礼すると店の奥《おく》に向かった。ぺしぺしという音が響く。ティリアが手の甲《こう》でクロノの二《に》の腕《うで》を叩いたのだ。

「何？」

「折角だから店内を見て回らないか？」

「え～、い……」

否定的な意味で『いいよ』と言おうとして口を噤《つぐ》む。ティリアが柳眉《りゅうび》を逆立てたのだ。これからエレインと話さなければならない。このタイミングでティリアを敵に回す訳にはいかない。

「喜んでお供させて頂きます」

うむ、とティリアは満足そうに頷き、店の奥に向かった。クロノもその後に続き、視線を巡らせる。シナー貿易組合は繁盛《はんじょう》しているらしく大勢の客がいる。どうもカップルが多いようだ。彼女に服をプレゼントするのだろう。こういう所を見せられると、ティリアに何かプレゼントした方がいいのかなという気になる。

店の奥に着くと、ティリアは腕を組んで格子状《こうしじょう》の棚《たな》を見つめた。当然のことながら格子状の棚には丁寧に折り畳《たた》まれた服が収められている。値段は想像していたよりもずっと安い。そういえばフリースを扱っていると聞いた覚えがある。ということはここがフリースのコーナーなのだろう。自分で着る分には問題ないのだが、女性といると人の目が気になる。案外、自分は見栄《みえ》っ張りなのかも知れない。

「新しい服でも買うの？」

「なんだ、買ってくれるのか？」

「うん、まあ……」

「気持ちはありがたいが、遠慮《えんりょ》しておく」

「じゃあ、新しい下着——」

「断る」

ティリアはクロノの言葉を遮って言った。

「なんで、断るの？」

「逆に聞くが、どうしてお前は私に新しい下着を着せたいんだ？」

「それは……、ティリアと新しい地平を開拓《かいたく》したくて」

「ふん、何を言うかと思えば」

クロノが口籠もりながら答えると、ティリアは鼻を鳴らした。

「何やら勘違《かんちが》いしているようだから言っておくが、私はお前に合わせてる」

「そう？」

「クロノ、自分が今まで何をしてきたのか忘れたのか？　拘束したり、メイド服を着せたり、お前がやったことはどれ一つ取っても離婚《りこん》ものの悪行だぞ」

「まだ結婚《けっこん》してないのに」

「いずれ結婚するからいいんだ」

「じゃあ——」

「念のために言っておくが、離婚ものの悪行をした僕は独身だねと言ったらひどいぞ？」

「はい……」

ティリアに思考を先読みされ、クロノはがっくりと肩を落とした。

「話が逸《そ》れてしまったが、要するにお前が開拓したがっているのはお前の地平で、私の地平じゃないんだ」

「ティリアの地平って？」

「ふむ、なかなか難しい質問だ。何しろ、私はお前に合わせてるからな。言わば新雪の野を保っている状態だ」

そうかな～と思ったが、口にはしない。迂闊《うかつ》なことを言ったら処刑《しょけい》されてしまう。

「だから、まずは初心に返るべきなんじゃないか？」

「またティリアに襲《おそ》われるのか～」

「言い方」

クロノが溜息交じりに言うと、ティリアはムッとしたように言った。

「でも、事実だよ」

「ま、まあ、あの時は愛情が暴走してしまったが……、お前も遠慮してたみたいだし、今なら互《たが》いに余裕《よゆう》を持って対応できるんじゃないか？」

「体力の限界にチャレンジすることになりそうな予感が……」

「体力の限界にチャレンジか。それも面白そうだな」

「え〜、面白いかな？」

ティリアが愉快《ゆかい》そうに笑い、クロノは抗議《こうぎ》の声を上げた。

「クロノ、マイルドに愛し合うのはもっと歳《とし》を取ってからでいいんじゃないか？」

「結構前にマイルドに愛し合いたいと思ってるって言ったくせに」

「それはそれ、これはこれだ。お前だって若さに身を任せて衝動《しょうどう》をぶつけ合いたいと思ってるんじゃないか？　いや、思ってるはずだ。私には分かる」

「そう言われると、そんな気が……」

「そうだろそうだろ」

クロノの言葉にティリアは満足そうに頷いた。今の気持ちが錯覚《さっかく》でも一回くらい若さに身を任せて愛し合ってもいいかなと思う。不意にティリアが横を見る。つられて視線を横に向けると、女性店員がこちらにやって来る所だった。

「お待たせいたしました。応接室に案内いたしますので、どうぞこちらに」

女性店員が踵《きびす》を返して歩き出し、クロノ達はその後に続いた。扉を潜《くぐ》り、通路の途中《とちゅう》にある扉の前で女性店員が足を止める。扉を叩くが、返事はない。だが、それを了承《りょうしょう》と受け取ったのだろう。女性店員が扉を開ける。

「エレイン様、クロノ様をお連れいたしました」

「そう、ご苦労様」

エレインの声が響き、女性店員が扉の傍《かたわ》らへと移動する。ありがとう、とクロノは礼を言って応接室に足を踏み入れ、軽く目を見開いた。応接室にはエレインだけではなく、シフもいたのだ。二人はソファに隣《とな》り合って座《すわ》っている。ちなみにエレインは露出度《ろしゅつど》の高いドレスではなく、ブラウスとスカートという装《よそお》いだ。服装の件はさておき――。どうして、二人が一緒にいるのだろう。いや、理由なんてどうでもいいか。むしろ、好都合と考えるべきだ。二人同時に根回しができるし、シフは実質的にクロノの味方だ。三対一でエレインと話せる。そんなことを考えていると、ティリアに背後から指で突《つつ》かれた。さっさと座れと言いたいようだ。クロノは足を踏み出し、エレインの対面の席に座った。当然、ティリアはクロノの隣《となり》だ。ややあって、エレインが口を開く。

「ごめんなさいね。さっきまで仕事の打ち合わせをしていたのよ」

「お忙しい所、申し訳ありません」

「それで……」

クロノが謝罪すると、エレインは身を乗り出してきた。

「今日は何の用かしら？」

「シフ殿《どの》と一緒にいるので薄々《うすうす》気付いているのでは？」

「そうね。でも、物事には順序というものがあるわ」

「そうですね」

エレインが体を引き、クロノは頷いた。実は、と切り出す。

「帝都から手紙が届きまして、神聖アルゴ王国の王室派を支援することになりました。つきましてはシナー貿易組合に協力をお願いしたいと思います」

「……」

エレインは無言だ。無言でシフに目配せをする。すると、シフは小さく頷いた。どうしたのだろう。もしや密約でも交《か》わしているのか。いや、もし、そうだとしてもあからさまに裏切るような真似《まね》はしないはずだ。クロノは身を乗り出し、手を組んだ。

「もちろん、協力と言っても実際に戦ってもらう訳ではありません。シナー貿易組合は普通に交易をして下されば結構です。ご存じかと思いますが、王室派は主要な街道を神殿派《しんでん》に押さえられているので、交渉はしやすいはずです」

「あら、私が直接交渉しなくちゃいけないの？」

「僕も一緒に行くので、不安ならばこちらで交渉しても構いません。ただ、これはシナー貿易組合に対する報酬《ほうしゅう》と考えて頂きたい」

エレインが不満そうに言うが、クロノは姿勢を崩《くず》さずに笑《え》みを浮かべた。

「報酬、ね」

「ええ、報酬です。頑張ってねじ込みました」

エレインがソファの肘掛《ひじか》けを支えに頬杖《ほおづえ》を突き、クロノは体を起こして小さく溜息を吐いた。嘘《うそ》ではない。アルコル宰相《さいしょう》は難色を示したが、王室派から信用を勝ち取るには兎《と》にも角《かく》にも結果を出さなければならない。大組織では駄目《だめ》だ。いちいちお伺いを立てていたら結果を出せない。シナー貿易組合のように小回りの利《き》く組織でなければ。

「シナー貿易組合は香辛料《こうしんりよう》の――ああ、塩も忘れちゃいけませんね。香辛料や塩などの販売網を築くことができる。まさにＷＩＮ－ＷＩＮの関係です。どうでしょう？」

「……」

問いかけるが、エレインは無言だ。無言で小さく溜息を吐く。

「私が何て言うか分かってるでしょ？」

「そうですね。でも、何事にも順番はあると思いませんか？」

「嫌《いや》な子ね」

クロノが言葉を引用して問いかけると、エレインは苦笑じみた笑みを浮かべた。

「答えはイエスよ。シナー貿易組合はクロノ様に協力するわ」

「それを言うのなら帝国《ていこく》では？」

「本当にそう思ってる？」

「ええ、もちろんです」

「なら、そういうことにしてあげる」

「ありがとうございます」

ふふ、とエレインが笑い、クロノも同じように笑った。本心を見抜《みぬ》かれていないか不安になるが、とりあえず笑って誤魔化す。養父も笑っておけば何とかなるような気がしてくるもんだと言っていた。

「いつまで笑ってるんだ？」

「失礼しました」

ティリアが呆《あき》れたように言い、クロノは居住まいを正した。シフに視線を向ける。

「つきましては傭兵《ようへい》ギルドにシナー貿易組合の護衛をして頂きたいと思います」

「もちろん、お金は出してくれるのよね？」

「自腹を切って下さい」

エレインが身を乗り出して言うが、クロノは拒否《きょひ》した。

「クロノ様は意外にケチね」

「頑張って利益を出して下さい」

「分かってるわよ」

エレインはぷいっと顔を背けた。子どもっぽい所作だが、油断してはいけない。これは演技。十中八九演技だ。騙《だま》されたら骨までしゃぶられてしまう。

「護衛の件はエレインさんと相談してもらうとして、別に依頼したいことがあります」

「どのような依頼でしょうか？」

「交易ルートは原生林を経由したものになります。そこで傭兵ギルドには安全なルートを選定して整備して頂きたいと思います。大変な仕事ですが、以前悪路にも対応できると仰っていたので……」

「もちろん、問題ありません」

クロノがごにょごにょと言うと、シフは胸を張って言った。ただ、と続ける。

「一つ気になることが……」

「何でしょう？」

「交易ルートはシルバートンを起点としたものになると思いますが、終点はどなたの領地になるのでしょうか？」

「イグニス将軍です」

「「「――ッ！」」」

クロノがシフの質問に答えると、ティリア、エレイン、シフの三人は息を呑《の》んだ。どうやら三人ともクロノとイグニス将軍の因縁《いんねん》を知っているようだ。

「クロノ、いいのか？」

「何が？」

「お前とイグニス将軍は……、敵同士だろう？」

クロノが問い返すと、ティリアは口籠もりながら言った。だが――。

「神聖アルゴ王国とは講和条約を結んでるから今は敵じゃないよ」

「しかし――」

「敬意を払いたい相手なんだ」

「……」

クロノが言葉を遮って言うと、ティリアは押《お》し黙った。クロノはイグニス将軍に大勢の部下を殺された。だが、それはイグニス将軍も同じだ。イグニス将軍にしてみればクロノは殺しても殺したりない相手に違《ちが》いない。にもかかわらず、イグニス将軍は親征の時に追《つい》撃《げき》を仕《し》掛《か》けてこなかった。追撃を仕掛ければクロノを討《う》ち取れたのにだ。怒《いか》りを呑み込むことがどれほど困難なことか、クロノは知っている。だから、イグニス将軍に敬意を払いたいのだ。

「お前がそこまで言うのなら何も言わん」

「ごめんね」

「いや、いい」

クロノが謝罪すると、ティリアは顔を背けた。

「他に気になることは？」

「先程《さきほど》、同行されると仰っていましたが？」

「ええ、交易が目的ならばエレインさんに全てお任せするんですが、これは歴《れっき》とした軍事作戦です。指揮官が現場にいなければ迅速《じんそく》な対応ができません。他に気になることは？」

「ございません」

シフはきっぱりと言ったが、まだ一番大事なことを聞かれていない。仕方がなく自分から切り出す。

「先程も申し上げた通り、これは軍事作戦です。大規模な戦闘《せんとう》はないと考えていますが、小規模な戦闘――神殿派の妨害《ぼうがい》は必ずあると考えています。最悪、傭兵ギルドは神聖アルゴ王国と敵対することになりますが、よろしいのですか？」

「クロノ様にお会いした時から覚悟はできています」

「……」

どうして、そんな前から覚悟ガン決まりなんですか？　と思ったが、クロノにとって都合のいい方に話が進んでいるのだ。口にすることはできない。でも、どうして――、とクロノは内心首を傾《かし》げ、エレインの仲介《ちゆうかい》でシフと面会したことを思い出した。あれは何月のことだっただろう。何月だったかは覚えていないが、シルバ港が完成した後だったことは間違いない。シルバ港といえばそろそろ完成というタイミングでシオンとエレインを連れて視察に行った。エレインに塩の商いを認めたのは確かその時だ。

ああ、とクロノは声を上げそうになった。シフが覚悟ガン決まりな理由が分かった。恐《おそ》らく、エレインはクロノが塩の商いを認めた時に神聖アルゴ王国の王室派を支援《しえん》するつもりだと勘違いしたのだ。そして、それをシフに伝えた。だから、シフは初めて面会した時にベテル山脈の傭兵は足腰《あしこし》が強いので原生林を越《こ》えて商売する時に打って付けとアピールしてきたのだ。

なるほどなるほど、そういうことか。エレインの勘違いはあったにせよ、勘違いした通りに状況《じょうきょう》が推移しているのだ。そりゃ、エレインも余計な要求をしてこないし、シフも覚悟がガン決まりになる。この状況を上手《うま》く使いたいが、頭を捻《ひね》ってもいいアイディアは出てこない。いや、期せずしてクロノに都合のいい状況になったのだ。この幸運に感謝して次の場所――シオンのもとに向かおう。その前に――。

「ありがとうございます。住民感情があるのですぐにという訳にはいきませんが、できるだけ早く傭兵達《ようへいたち》の家族を受け入れられるように働きかけていきます」

「ありがたく存じます」

クロノは感謝の気持ちを伝えた。さらに頭を垂れる。すると、シフも頭を垂れた。どちらからともなく顔を上げる。

「追って連絡《れんらく》しますが、このことは――」

「もちろん、黙っているわ」

「ご安心下さい。我々は決して雇《やと》い主《ぬし》を裏切りません」

エレインがクロノの言葉を遮り、シフが頷く。

「では、僕達《ぼくたち》はこれで……」

「あら、もう行っちゃうの？」

「スケジュールが詰《つ》まっているので」

本当は下手に長居をしてボロを出したくないからだが、もちろん口にはしない。クロノはエレインとシフに頭を下げて立ち上がった。

※

ガチャという音が響《ひび》く。クロノとティリア皇女が応接室から出て行ったのだ。何となく居《い》心地《ごこち》の悪さを覚えてシフは対面の席に移動した。エレインがソファの背もたれに寄り掛かり、深々と溜息を吐く。

「まさか、クロノ様が来るとは思わなかったわ。しかも、情報屋の仕事をしている時に」

「狙《ねら》い澄《す》ましたようなタイミングだったな」

「もしかして、うちの娘《こ》から情報を抜《ぬ》いてるんじゃ……」

「偶然《ぐうぜん》だろう」

「分からないわよ。あの子、あれで女の扱いが上手いし」

エレインは今にも舌打ちしそうな顔で言った。自分が情報を盗《ぬす》もうとしているから相手もそうに違いないと考えてしまうのだろう。とはいえ、気持ちは分かる。帝都《ていと》で志願兵を募《つの》る動きがある。そんな話をしている時にクロノがやって来て、神聖アルゴ王国の王室派に支援を行うと言ってきた。偶然と考える方がおかしい。

「だが、これで裏は取れたな」

「そうね」

そう言って、エレインは肘掛けを支えに頬杖を突《つ》いた。先程まで今にも舌打ちしそうな顔をしていたくせに冷徹《れいてつ》な表情を浮かべている。これだからこの女は信用できない。

「念のために言っておくが——」

「分かってるわよ。クロノ様の情報は売らない」

「それならいい」

「すぐに他の商会が追従してくるだろうけど、このアドバンテージを捨てる訳にはいかないわ。他の商会が追従してくるまでが勝負ね」

「……」

エレインが自分に言い聞かせるように言い、シフは手を組んだ。ややあって、エレインが声を掛けてきた。

「貴方《あなた》はどう思う？」

「どうとは？」

「王室派への支援だけで済むかって意味に決まってるじゃない」

シフが問い返すと、エレインは苛立《いらだ》ったように言った。情報屋にただで情報を提供していいものか悩《なや》む所だが、エレインはクアントが攫《さら》われた時にいち早く情報を提供してくれた。借りは返しておくべきだろう。

「王室派への支援が交易に限定されるのかという意味ならばそれはないはずだ」

「やっぱり、そうよね」

エレインは優雅《ゆうが》に脚《あし》を組み、思案するように手で口元を覆《おお》った。

「私達《わたしたち》への依頼《いらい》が大きな作戦の一部だったとして貴方《あなた》ならどう動く？」

「個人の見解になるが……」

「それで構わないわ」

「俺《おれ》ならば神聖アルゴ王国と自由都市国家群を繋《つな》ぐ街道を封鎖《ふうさ》する」

個人の見解であることを強調するために俺という一人称《いちにんしょう》を使う。すると、エレインは真面目ねぇと言うように笑った。

「街道封鎖で物流を滞《とどこお》らせて、その間にシェアを奪《うば》うという訳ね。それなら志願兵を募っていることにも納得《なっとく》できるわ」

「だが、問題がある」

「そう簡単に派閥《はばつ》の鞍替《くらが》えはできないということだ。年単位で街道を封鎖できるのであれば別だが、そんなことになれば国王の権威《けんい》は失墜《しっつい》する」

「貴方ならどうする?」

「俺ならば領民を懐柔《かいじゅう》する」

「領民を懐柔しても無駄《むだ》なような気がするけど……」

「『将を射んと欲《ほっ》すればまず馬を射よ』だ。心から神殿に帰依《きえ》しているのならば無駄だが、そうでないのなら領民が望んでいるからと言い訳して国王派に鞍替えするはずだ」

パチパチという音が響く。エレインが手を叩《たた》く音だ。

「流石《さすが》、諸部族連合《しょぶぞくれんごう》の代表と傭兵ギルドのギルドマスターを兼任《けんにん》するだけあるわ。実感が籠《こ》もってて説得力があったわ」

「納得してもらえたようで何よりだ」

「どうやって領民を懐柔するのか気になるけど、私達は自分達のお仕事に専念すべきね」

「そうだな」

エレインが軽く肩《かた》を竦《すく》め、シフは頷《うなず》いた。

※

救貧院《きゅうひんいん》の前では受付の職員が暇そうにしていた。だが、気が緩《ゆる》んでいた訳ではないのだろう。すぐにクロノ達に気付いて居住まいを正す。

「おや、クロノ様。今日は何の用です？」

「シオンさんに会いに来たんですけど……」

「院長なら執務室《しつむしつ》にいますよ」

「ありがとうございます」

クロノが礼を言うと、職員は困ったように笑った。しげしげと掲示板《けいじばん》を眺める。そこには仕事――人材募集《ぼしゅう》の紙が貼《は》られている。

「クロノ、シオンに会わないのか？」

「会うけど、視察もしておこうと思って」

「お前は行き当たりばったりだな」

ティリアが呆れたように言い、クロノは職員に視線を向けた。

「景気はどうです？」

「世間様の景気がいいお陰《かげ》で救貧院は暇なもんですよ。今いるのはトニー、マシュ、ソフィの三人くらいなもんですからね」

「それはよかった。仕事の斡旋《あっせん》についてはどうです？」

「そっちも暇ですね。農繁期《のうはんき》ってことで雇う側が求人を控《ひか》えてる部分もあるんでしょうけど、救貧院を介《かい》さずに雇うようになったことが大きいですね」

「正式に雇われたってことですか？」

「そこまでは分かりませんが、長期の仕事ってのは間違《まちが》いないですね」

ふむふむ、とクロノは頷いた。後追いできていないのは不安だが、そう悪い状況ではなさそうだ。

「この調子じゃ、あたしらが職探しする羽目になるかも知れませんけどね」

「そんなことはしませんよ」

職員がカラカラと笑い、クロノは契約《けいやく》を更新《こうしん》する意思があることを伝えた。だが、職員は疑《うたぐ》りの眼を向けてきた。

「本当ですか？」

「本当です。女将《おかみ》からの紹介《しょうかい》ですし、下手に雇い止めしたら再雇用《さいこよう》する時に吹《ふ》っ掛《か》けられそうですからね」

「流石、クロノ様。分かってますね」

クロノが冗談《じょうだん》めかして言うと、職員は愉快そうに笑った。冗談めかしたものの、彼女達《かのじょたち》は最低限の教養があり、接客にも慣れている。業務を拡張したい商会にとって喉《のど》から手が出るほど欲《ほ》しい人材なのだ。自分達の価値に気付かれると困るので口にはしないが。

「お仕事、頑張《がんば》って下さい」

「クロノ様も」

救貧院の扉《とびら》を潜ると、その先にあるのは等間隔《とうかんかく》に扉が並ぶ通路だ。漫画《まんが》喫茶《きっさ》のブース席を思い出させる。通路を進む。すると――。

「クロノ様、いらっしゃいませ」

通路の中程《なかほど》で黄土《おうど》神殿の神官《しんかん》――グラネットに声を掛けられた。

「グラネット、お疲《つか》れ様《さま》」

「ありがとうございます。神官長様なら執務室ですよ」

「うん、ありがとう。そういえばプラムは？」

「プラムなら子ども達に勉強を教えてます」

「シオンさん、忙《いそが》しいもんね」

「それもありますが、プラムに経験を積ませる意味合いが強いですね。神官は貴族様の初等教育を請《う》け負うこともありますから」

「神官って大変なんだね。ところで、三人はどう？　真面目に勉強してる？」

「三人ともいい子なのでやりがいはあるそうです」

そう、とクロノは相槌《あいづち》を打った。何と返せばいいのか困る言葉だ。

「じゃあ、僕《ぼく》はシオンさんの所に行くから。お仕事、頑張ってね」

「はい、クロノ様も」

クロノはグラネットに労《ねぎら》いの言葉を掛け、足を踏《ふ》み出した。通路を抜け、階段を登り、二階の突き当たりにある執務室の前で立ち止まる。扉を叩く。すると――。

『ど、どうぞ！』

すぐに返事があった。

「お邪魔《じゃま》します」

「あ、クロノ様！　ど、どうぞ、お座りになって下さいッ！」

クロノが扉を開けて入ると、シオンはイスから立ち上がり、手の平で応接セットを指し示した。移動してソファに腰《こし》を下ろす。すると、ティリアが隣の席に座った。

「すぐに香茶の準備をしますね」

「お構い――」

「うむ、頼《たの》むぞ」

お構いなくと言おうとしたのだが、ティリアに遮《さえぎ》られてしまった。はい！　とシオンは執務室の隅《すみ》にあるテーブルに向かう。しばらくしてトレイに三人分のカップを載《の》せてやって来た。

「どうぞ」

「ありがとう」

「うむ……」

シオンはテーブルにカップを置くと対面の席に座った。クロノはカップを手に取り、口に運んだ。一口飲むと、シオンがおずおずと声を掛けてきた。

「どうでしょう？」

「え？　うん、何か、普通《ふつう》……」

「安物の香茶だな。香りが今一つだ」

「そうですか」

クロノは普通の香茶だと思ったが、ティリアは違うようだ。ポジティブでない感想にシオンがしょんぼりと俯《うつむ》く。

「何処《どこ》の銘柄《めいがら》だ？」

「それが、その、開拓村でブレンドしたものなんです」

ティリアの問いかけにシオンはやはりしょんぼりとした様子で答えた。ほう、とティリアは小さく声を上げ、カップを口に運んだ。

「うむ、味も今一つだ」

「はい……」

シオンは身を縮めて頷いた。というか呻《うめ》いた。

「商売として成り立たせるには長足の進歩が必要だ」

「でも、ティリアを唸らせるような香茶をブレンドするって無理じゃない？」

「そんなことはないぞ」

クロノが首を傾げながら言うと、ティリアはムッとしたように言い返してきた。

「そうかな？　ティリアって女将の料理を食べても美味《おい》しいって言わないし」

「失礼な。私だって美味《うま》いと言ったことはある」

「そうだっけ？」

「そうだ。マイラがいた時には言っていたぞ」

クロノが尋《たず》ねると、ティリアは語気を強めて言った。

「まあ、ティリアの評価は気にしない方がいいと思うよ」

「言い方！」

「はい、そう仰《おつしや》って頂けると……」

ティリアがわずかに声を荒《あら》らげるが、シオンは無視してクロノの言葉に応じた。気が小さいようで、実は図太い性格なのかも知れない。

「ところで、本日はどのようなご用件でしょうか？」

「実は帝都から手紙が届いて……」

「はい……」

クロノが切り出すと、シオンは小さく頷いた。だが、その表情には困惑《こんわく》の色が浮《う》かんでいる。どうして、そんなことを言われているのか分からない。そんな気持ちが伝わってくるようだ。

「神聖アルゴ王国の王室派を支援することになったんだ」

「そう、なんですか」

「それでシオンさんに炊《た》き出しをお願いしたいなって」

ひゅッ、とシオンは息を呑んだ。

「じゃあ、そういうことで」

「い、いえいえ、ちょっと待って下さい！」

クロノが立ち上がろうとすると、シオンが涙目《なみだめ》で飛び付いてきた。

「そ、そそ、それって戦争に参加しろってことですよね!?」

「いや、あくまで炊き出しなんで。それに神聖アルゴ王国では神殿の権威が――」

「ケフェウス帝国と神聖アルゴ王国の神殿は別組織です！　別組織ッ！　あの人達にとって私達は敵なんです！　神敵です！　異端《いたん》ですッ！　何かちょっといいことしたくらいの感覚で殺されちゃいますッ！　見敵必殺《サーチアンドデストロイ》！　見敵必殺ですッ！」

シオンは神聖アルゴ王国に行きたくないようだ。まあ、そうでなければ涙目で飛び付いてこないか。

「どうして、私なんですか!?」

「それは、まあ、人数合わせの部分もあるんですが……」

「人数合わせ!?」

シオンはぎょっと目を剥《む》いた。

「シオンさんがいると、五色揃《そろ》うんで」

「五色？　六色ではなくて？」

「六人目は後から参加でも別に。飽《あ》きられてきた時の梃子《てこ》入れに使えれば」

「後から参加？　梃子入れ？」

クロノが何を言っているのかシオンには分からないようだ。前提となる知識がないので当然か。ともあれ、幾分《いくぶん》落ち着きを取り戻《もど》したように見える。

「今からシオンさんを選んだ理由を説明するから席に着いて」

「う〜、分かりました」

シオンは渋々《しぶしぶ》という感じでクロノから離《はな》れ、ソファに座り直した。

「さっき神聖アルゴ王国の王室派を支援することになったって言ったけど、支援の目的は王室派が神殿派に対抗《たいこう》できるようにすること、ひいてはケフェウス帝国を神聖アルゴ王国の脅威《きょうい》から解放することにあるんだ。ここまでは分かるね？」

「はい……」

シオンは神妙《しんみょう》な面持《おも》ちで頷いた。

「最初は神威術《しんいじゅつ》の使える神官か将兵を派遣《はけん》してもらおうと思ったんだけど、ちゃんと指示に従ってくれるか心配で……」

「それは分かりますけど、命令なら従ってくれるんじゃ……」

「僕もそう信じたいけど、できる限り不安要素を取り除きたいんだよ」

「でも、失敗する可能性は私の方が高いと思います。私は今も神威術が使えませんから」

シオンは俯き、拳《こぶし》を握《にぎ》り締《し》めた。

「正直、失敗する可能性はどっこいどっこいだと思う」

「そうでしょうか？」

「僕はそう思ってるし、僕の上司も同意見だよ。だから、あとは納得の問題だね」

「納得ですか」

「そう、納得」

シオンが鸚鵡《おうむ》返しに言い、クロノは静かに頷いた。

「どっちも失敗する可能性があるのならシオンさんを選んで失敗したい」

「でも、私は……」

シオンが口籠《くちご》もったその時、ふぅという音が響いた。ティリアが溜息《ためいき》を吐《つ》いたのだ。思わずティリアを見る。

「シオン、お前が及《およ》び腰《ごし》になっているのは分かる。神官の身で重要な作戦に参加しなければならないのだから当然だ」

「……」

シオンは黙《だま》り込《こ》んでいるが、ティリアは構わずに続ける。

「だが、お前は大切なことを見落としている。いや、軽視している」

「私が何を軽視していると言うんですか？」

「自分の価値、ひいてはクロノに信用されている事実をだ」

「――ッ！」

シオンはハッと息を呑み、こちらを見た。クロノは正面から視線を受け止める。しばらくしてシオンは視線に耐《た》えられなくなったように俯いた。沈黙《ちんもく》が舞《ま》い降《お》りる。気まずい沈黙だ。だが、それも長くは続かなかった。ティリアが再び溜息を吐いたのだ。

「クロノ、返事は今すぐじゃないといけないのか？」

「まだ余裕はあるけど……」

「なら今日は協力を要請《ようせい》しただけでよしとしようじゃないか」

「……そうだね」

クロノはやや間を置いて頷いた。ティリアの意見はもっともだ。重要な作戦に参加するのだ。すぐに返事を求める方が無茶《むちゃ》だろう。

「よく考えてね」

「……はい」

シオンがやや間を置いて頷き、クロノは立ち上がった。グラネットや職員に挨拶《あいさつ》をして救貧院を出る。もちろん、ティリアも一緒《いっしょ》だ。

「次は何処に行くんだ？」

「練兵場だね」

ぐぬッ、とティリアが呻く。リオは兵士に武術の指南をしている。それを知っているからこその反応だ。

「嫌なら帰っていいよ」

「嫌じゃない！　いや、ケイロン伯爵《はくしゃく》と顔を合わせるのは嫌だが……、ここで帰るのは負けたみたいでもっと嫌なんだ」

ティリアは拳を握り締めて言った。もっと仲よくして欲しいが、そんなことを言えば『お前が言うな』とか、『誰《だれ》のせいで』とか言われてしまうので黙っておく。しばらく歩いた所でティリアが思い出したように口を開いた。

「そういえば……。お前、嘘を吐いただろ？」

「嘘は吐いてないよ」

「それが嘘だと言うんだ。シオンを選んだのは信用しているからだけではないのだろう？」

「シオンさんを信用してるのは本当だよ」

「アルコルのことだ。どうせ、内乱を起こそうとしていたんだろ」

ティリアはクロノの言葉を無視して言った。鋭《するど》い。確かにアルコル宰相は神聖アルゴ王国で内乱を起こそうとしていた。いや、内乱を企図《きと》していたというべきか。クロノの作戦が採用されたことで立ち消えになったが、まだ内乱を引き起こそうとしているのではないかという疑念を払拭《ふっしょく》することはできなかった。それで、シオンを選んだのだ。

「だが、アルコルが画策しなくても内乱は起きるんじゃないか？　そもそもの原因は王室と神殿の二重権力にあるのだからな」

「だからって内乱を起こすのは違うでしょ」

クロノは小さく溜息を吐いた。

※

クロノ達が城門に辿《たど》り着くと、タイガが部下と共に荷馬車のチェックをしていた。その後ろには数台の馬車が連なっている。今日も忙しそうだ。邪魔をしちゃマズいかなと視線を巡《めぐ》らせ、こっそり城門を潜《くぐ》り抜けられそうな所を探す。だが、タイガがクロノを見つける方が早かった。部下に指示を出してこちらにやって来る。

「クロノ様、お疲れ様でござる」

「タイガもお疲れ様。特に変わったことはない？」

「変わったこと……、特にないでござるな～」

クロノが尋ねると、タイガは考《かんが》え込むような素振《そぶ》りを見せた後で答えた。

「それはよかった。実は伝えたいことがあって……」

「何でござるか？」

「今夜、会議をするから」

「……承知したでござる」

タイガはやや間を置いて答えた。会議があると伝えるだけならば通信用マジックアイテムで事足りる。にもかかわらず、クロノがわざわざ出向いた。そこからただならぬことが起きていると察したのだろう。

「じゃ、僕は練兵場に行くから。仕事、頑張ってね？」

「もちろんでござる」

タイガが歯を剥き出して笑い、クロノは城門を潜り抜けた。城壁《じょうへき》に沿って歩き、新兵舎が見えてきた所でティリアがいないことに気付く。肩越《かたご》しに背後を見ると、ティリアは俯き加減で歩いていた。足を止め、ティリアを待つ。

「ティリア……」

「――ッ！」

声を掛けると、ティリアはハッとしたように立ち止まった。

「そんなに嫌なら――」

「嫌じゃないぞ。どんな嫌みを言われるのかシミュレーションをしてたんだ」

「で、シミュレーションの結果は？」

「『おや、誰かと思えば皇女殿下《でんか》じゃないか。今日はクロノと一緒なんだね。本当に羨《うらや》ましいよ。ボクはこの通り忙しくてクロノとデートをする暇《ひま》もないのに』と言われるとみた」

おおーッ、とクロノは手を打ち鳴らした。

「どうして、手を叩くんだ？」

「リオの真似《まね》が妙《みょう》に上手かったから」

「ま、まあ、なんだかんだと長い付き合いだからな」

一応、誉《ほ》めたのだが、ティリアは微妙《びみょう》な顔をしている。

「行こうか？」

「うむ……」

クロノが声を掛けると、ティリアは鷹揚《おうよう》に頷いた。肩を並べて歩き出す。しばらく進むと、はッという声が聞こえてきた。さらに爆発音《ばくはつおん》のようなものも聞こえる。くしゅッ、と可愛《かわい》らしい音が響く。隣《となり》を見ると、ティリアがハンカチで口元を覆っていた。

「鼻炎《びえん》？」

「違う。この辺りが埃《ほこり》っぽいんだ」

「そうかな？」

ティリアがムッとしたように言い、クロノは鼻をひくつかせた。言われてみれば埃っぽいような気がする。

「なんだかんだと、ティリアはお姫様《ひめさま》なんだね」

「なんだかんだと、お前は経験豊富な軍人なんだな」

軽口を叩き合い、練兵場に向かう。ティリアが二度目のくしゃみをした頃《ころ》、ようやく練兵場が見えてきた。練兵場では兵士が横隊で並び、太鼓《たいこ》の音に合わせて木槍《もくやり》を繰《く》り出していた。兵士一人一人の動きは洗練され、一挙手一投足に技を感じさせる。

手本を見せるためだろう。リオは兵士達の前に立ち、木槍を繰り出している。流石、近衛騎士団《きしだん》の団長というべきか。舞踏《ぶとう》のような優雅さと触《ふ》れれば切れるような凄《すご》みを感じさせる。不意にリオが動きを止め、部下達も戸惑《とまど》いながら動きを止める。

『ちょっと早いけど、お昼休憩《きゆうけい》にしよう』

神威術で拡大したリオの声が練兵場に響き、部下達は唸《うな》り声とも呻き声とも付かぬ声を発して歩き出した。先程までの動きが嘘《うそ》のようにだらだらしている。リオが木槍を肩に担いでこちらにやって来る。

「やあ、クロノ。お疲れ様。急ぎの用かい？」

「うん、実は帝都から手紙が届いたんだ」

「そう……」

新たな戦いを予感してか、クロノの言葉にリオは表情を引き締めた。そして——。

「いよいよ、クビか」

溜息を吐くように言って、がっくりと肩を落とした。新たな戦いを予感していると思ったが、クロノの勘違《かんちが》いだったようだ。ややあって、顔を上げる。

「帝都を離れて半年以上経《た》つからね。近衛騎士《きし》をクビになっても仕方がないか。うん、これは潔《いさぎよ》くクロノのお嫁《よめ》さんになるよ」

「誰がお嫁さんだッ！」

リオが晴れ晴れとした様子で言うと、ティリアが猛然《もうぜん》と突っ込んだ。

「おや、誰かと思えば皇女殿下じゃないか。今日はクロノと一緒なんだね。本当に羨ましいよ。ボクはこの通り忙しくてクロノとデートをする暇もないのに」

「ぐぬッ……」

リオが揶揄《やゆ》するように言うと、ティリアは呻いた。だが、クロノは拍手《はくしゅ》したい気持ちだった。素晴《すば》らしいシミュレーション結果だ。

「まあ、そんなことを言うと皇女殿下のことだから『クロノの子どもを授《さず》かるべく頑張ってるぞ』なんて言うんだろうけどね」

「おおーッ！」

リオが顔を背《そむ》けながらぼそぼそと呟き、クロノは手を打ち鳴らした。すると、リオがこちらを見た。きょとんとした顔をしている。

「拍手をされるようなことをしたかい？」

「ティリアの真似が上手かったからつい」

「まあ、なんだかんだと長い付き合いだからね」

リオはごにょごにょと言った。ちなみに表情はティリアと同じく微妙な感じだ。

「で、話の続きなんだけど……」

「ちょっと待っておくれ」

リオが指を鳴らす。すると、周囲の喧噪《けんそう》が止《や》んだ。

「これで気兼《きが》ねなく話せるよ」

「ありがとう」

クロノは礼を言って咳払《せきばら》いをした。

「実は帝都から手紙が届いて、神聖アルゴ王国の王室派を支援することになったんだ」

「王室派ってことはイグニス将軍が所属する派閥だね。大丈夫《だいじょうぶ》なのかい？」

「今は敵じゃないからね」

「クロノが割り切れるならいいさ。ああ、でも、これで呼び戻されなかった理由が見えてきたよ。ボクも支援とやらへの参加が決まってるんだね？」

「うん、そうみたい。リオの方はどう？」

「ボクはクロノほど因縁《いんねん》が深くないからね。割り切るさ」

リオは軽く肩を竦めて答えた。そういえば、とクロノは視線を巡らせる。

「どうしたんだい？」

「ミノさんは何処《どこ》かなって」

「ああ、彼《かれ》ならあっちだよ」

リオは振《ふ》り返り、遥か前方を指差した。そこには土が山のように盛られている。遠目には土砂《どしゃ》置き場のように見えるが、実際は三方を土で囲んだマジックアイテムや新兵器の試験場だ。試験場に向かって歩き出す。すると、リオが腕《うで》を絡《から》めてきた。次の瞬間《しゅんかん》、ぐいっと反対側の腕を引かれる。視線を向けると、ティリアが腕を掴《つか》んでいた。いや、心情を慮《おもんぱか》って腕を絡めていたというべきか。

「おや、皇女殿下。そんなに胸を押《お》しつけるなんてはしたないよ」

「そうか？　胸板《むないた》よりマシだと思うが？」

「言ってくれるじゃないか。また頭を踏ん付けてあげようか？」

「ふん、そんな挑発《ちょうはつ》には乗らん」

ふふふ、と二人は威嚇《いかく》するかのように笑《え》みを向け合った。どうか引っ張り合いになりませんように、とクロノは信じてもいない神に祈《いの》った。二人は神威術の使い手だ。本気で引っ張られたら腕がもげかねない。幸いにもというべきか、二人は威嚇し合うだけでクロノの腕をもごう、もとい、引っ張ろうとはしなかった。試験場が近づいてくる。試験場にはミノ、フェイ、エリル、ワイズマン先生がいた。

歩調を緩める。すると、フェイが瓶《びん》を手に取った。飲み口から布が延《の》びている。見覚えのある形——どうやら火炎瓶《かえんびん》のようだ。フェイが飲み口を差し出すと、エリルが人差し指を向けた。布が燃え上がる。

フェイがすかさず火炎瓶を投げる。火炎瓶は山なりの軌道《きどう》を描《えが》いて飛び、的にぶつかると砕《くだ》け散った。炎《ほのお》が膨《ふく》れ上がり、的が炎に包まれる。拍手したい所だが、両腕《りょううで》を塞《ふさ》がれている。ミノとワイズマン先生はといえばクリップボードのようなものを手に何やら話している。さらに試験場が近づく。最初にクロノ達に気付いたのはフェイだった。ハッとしたようにこちらに向き直り——。

「クロノ様、お疲れ様であります！」

声を張り上げた。ややあって、ミノ、エリル、ワイズマン先生がこちらを見る。クロノ達が立ち止まると、ミノがクリップボードを脇《わき》に抱《かか》えた。

「大将、お疲れ様で」

「ミノさん達もお疲れ様。新兵器の試験？」

「その通りでさ。アルコールを燃料とした新兵器を試作してやすが、これがどうにも……」

「火炎瓶は上手《うま》くいってたみたいだけど？」

ミノが困ったと言うように頭を掻《か》き、クロノは的に視線を向けた。的は未《いま》だに炎に包まれている。申し分ない威力《いりょく》に思えるが、何処に問題があるのだろう。クロノが内心首を傾《かし》げていると、ワイズマン先生が口を開いた。

「火炎瓶は安定して結果を出してくれるんですが、コスト面が……」

「ガラス瓶は輸入品ですからね」

「その通りです」

クロノの言葉にワイズマン先生は溜息交じりに応じた。部下の命に比べれば些《さ》末《まつ》な問題だが、数を揃えられないのは問題だ。

「他の試作品はどうなんですか？」

「一番安価な木の筒《つつ》は色々と工《く》夫《ふう》してみましたが、今一つでしたね」

「的にぶつかっても割れなかったり、そうかと思えば手元で割れたりと散々でしたぜ」

ワイズマン先生が溜息交じりに言い、ミノがこれまた溜息交じりに言う。

「ゴルディに協力は？」

「当然してもらいやした。ただ、まあ、ゴルディが作った筒はともかく、それ以外となると一気に精度が落ちやす。そのゴルディが作った筒にしたってあまり乱暴に扱《あつか》えないんで戦場で使うとなると……」

「不発や自爆《じばく》の危険がある？」

「そういうことでさ。陶器《とうき》も試《ため》しやしたが、これがまた今一つな感じで」

そう言って、ミノは軽く肩を竦めた。成果は出ていないが、悲愴感《ひそうかん》はない。まあ、ギスギスした雰囲気《ふんいき》で試験をするよりはいいか。エリルに視線を向ける。

「エリルは？」

「もちろん、私は働いている。皇女殿下とは違《ちが》う」

「ぐぬッ、嫌《いや》みを言わないと話せないのか」

エリルがいつになくスピーディーに答えると、ティリアが口惜《くや》しげに呻いた。

「へ～、そうなんだ」

「そう、新型マジックアイテムの試験中」

クロノが相槌を打つと、エリルはフェイのもとに向かった。バシバシッとフェイのお尻《しり》を叩き、試験を再開するように催促《さいそく》する。だが、フェイはあまり乗り気でなさそうだ。下唇《したくちびる》を突《つ》き出し、足下《あしもと》にあった頑丈《がんじょう》そうな箱から透明《とうめい》な球体を取り出す。エリルは頼んだとばかりにフェイのお尻を叩き、クロノのもとに戻ってきた。

「今から試験を再開する」

「いつになく早口だな」

「そんなことはない。私はいつもと変わらない」

ティリアが小さく呟くと、エリルはいつもより早めの口調で言った。

「始めるであります！」

フェイは大声で叫《さけ》ぶと透明な球体——マジックアイテムを振りかぶった。見事な投球フォームだ。

「『爆炎《ばくえん》よ』であります！」

フェイが的に向かってマジックアイテムを投げる。マジックアイテムはレーザー光線のように突き進《すす》み、的の一部を粉砕《ふんさい》した。

「失敗だな」

「失敗ではない。あの魔術《まじゅつ》式では望み通りの結果を得られないと分かった」

ティリアがぼそりと呟くと、エリルはこれまた早口で言った。

「望み通りの結果が得られないことを世間では失敗と言うんだ」

「……」

ティリアが鼻を鳴らして言うと、エリルは押し黙った。これはいけない。クロノはティリア側の腕を揺《ゆ》すった。

「何だ？」

「顔、顔……」

「顔？」

クロノが顎《あご》をしゃくると、ティリアはエリルを見た。そっと視線を逸《そ》らす。エリルがちょっと泣きそうになっていたからだ。

「まったく、これだから皇女殿下は。エリルは皇女殿下と違って食《く》い扶《ぶ》持《ち》を自分で稼《かせ》いでいるんだよ？　もう少し労っておやりよ」

「……皇女殿下には優《やさ》しさが足りない」

「ぐぅ……」

リオが責めるように言い、エリルがその後に続く。普《ふ》段《だん》のティリアならば言い返していただろうが、泣かせかけたばかりなので呻くのが精一杯《せいいっぱい》だ。クロノ、クロノ、とティリアに腕を引かれ、視線を向ける。

「フォロー、フォロー……」

「フォローって」

「いいからフォローだ」

クロノは小さく溜息を吐いてエリルに視線を向けた。

「エリルはどんなマジックアイテムを作ろうとしてたの？」

「………爆炎舞《ばくえんぶ》を超《こ》えるマジックアイテムを作ろうとしていた」

クロノが努めて優しく声を掛けると、エリルはごにょごにょと答えた。爆炎舞──レイラが得意とする火の上級魔術だ。過去に何度も窮地《きゅうち》を救われている。

「調子はどう？」

「……とても難しい。破壊力《はかいりょく》を高めるには風の要素も必要。けれど、風の要素を強めると爆発《ばくはつ》しなくなってしまう。ブレイクスルーが必要」

「ブレイクスルーか」

クロノは鸚鵡返しに呟く。呟いただけだ。アイディアを出そうにも魔術式のことはさっぱり分からない。

「マジックアイテムに拘《こだわ》らなくてもいいんじゃない？」

「……意味が分からない」

「そのままの意味だろ」

「皇女殿下には聞いていない」

「ぐぅ……」

エリルがぴしゃりと言い、ティリアは呻いた。それでも、反論しないのは先程の件があるからだろう。

「……それはどういう意味か？」

「破壊力を高めるんならマジックアイテム単体じゃなくても……、たとえば爆発するマジックアイテムを金属の破片《はへん》やら何やらが入った壺《つぼ》に入れて爆発させるとかでもいいんじゃない？　アルコールを使ってもいいし、というかエリルが発火装置を作ればアルコールを使った新兵器が完成するんじゃ？」

「「「――ッ！」」」

クロノの言葉にミノ、エリル、ワイズマン先生の三人が息を呑《の》んだ。もしや――。

「気付いてなかったとか？」

「いや、そんなこたありやせん。ただ、魔術的《まじゅってき》に解決しようって発想が……」

「……盲点《もうてん》だった」

「うっかりしてました。まったく、歳《とし》は取りたくないものですね」

三人は照れ臭《くさ》そうに頭を掻いた。その時、ティリアにぐいっと腕を引かれた。

「どうしたの？」

「クロノ、ちゃんと指示を出したか？　三人で協力してOKと言うだけでもいいが……」

「……出してない」

「クロノ……」

クロノがやや間を置いて答えると、ティリアは溜息を吐いた。沈黙が舞い降りる。実に居《い》心地《ごこち》の悪い沈黙だ。居心地の悪さを払拭しようとしてか、ミノが口を開いた。

「そ、そういや今日は視察ですかい？」

「あ、うん、まあ、視察も兼《か》ねてるけど……」

クロノは口籠もり、咳払いをした。

「実は帝都《ていと》から手紙が届いたんだ」

「いよいよという訳ですね」

「先生？」

ワイズマン先生が落ち着き払《はら》った様子で言うと、ミノが訝《いぶか》しげな視線を向けた。

「実は前々からクロノ君に作戦立案の件で協力していたんですよ。副官であるミノ君には伝えるべきではないかと悩《なや》みましたが……」

「先生、謝罪は不要ですぜ。これでも、あっしはベテラン——親兄弟にだって情報を秘さなきゃならねぇ状況《じょうきょう》があるって分かってまさ」

「そう言ってもらえると助かります」

ミノが拳で胸を叩《たた》き、ワイズマン先生は困ったように笑った。

「けど、作戦立案ってぇと？」

「うん、今回は僕の作戦が採用されたよ」

「そいつはよかった」

問いかけに答える。すると、ミノはホッと息を吐いた。

「安心するのはまだ早いんじゃない？」

「あっしは丁度いいタイミングだと思いやすぜ。少なくとも大将の作戦なら親征の時みたいな目に遭《あ》いやせんからね」

「敵地での作戦だから危険なことには変わりないよ」

「なら上手く立ち回ってやりやしょうぜ」

「そうだね。精々、上手く立ち回ろう」

ミノが歯を剥き出して笑い、クロノは苦笑《くしょう》した。

「それで、今夜百人隊長クラスを集めて会議をするつもりなんだけど……」

「あっしは問題ありやせん。ワイズマン先生は？」

「もちろん、参加します。これでも作戦立案の協力者ですからね」

ミノが問いかけると、ワイズマン先生は穏《おだ》やかな笑みを浮かべて答えた。クロノは左右に視線を向ける。

「ティリアとリオもよろしくね」

「む、私もか？」

クロノが声を掛《か》けると、ティリアは訝しげな表情を浮かべた。ティリアには是《ぜ》が非《ひ》でも参加してもらわなければ困るのだが、どう説得したものか。思案を巡らせていると、リオが口を開いた。

「そりゃ、皇女殿下はクロノのお嫁さんなんだから参加しなきゃ駄目《だめ》さ」

「そ、そうか。なら仕方がないな」

ティリアは満更《まんざら》でもなさそうな表情を浮かべて言った。よかった。これで会議に参加してもらえる。会議といえば――。

「そういえばナスルは？」

「ナスルなら街の警備に行ってやすが……、ナスルがどうかしたんで？」

「道すがら会議をやるって声を掛けてきたんだけど、ナスルと会わなくてさ」

「それならあっしが声を掛けておきやす」

「ごめんね」

「これくらいお安いご用ですぜ」

ミノが胸を叩いた瞬間、爆音《ばくおん》が轟《とどろ》いた。爆風《ばくふう》が押し寄せてくる。だが、爆風がクロノ達《たち》に届くことはなかった。ティリアとリオが神威術で爆風を防いだのだ。

「一体、何が⁉」

「……不発弾《ふはつだん》が爆発した」

「不発弾って、さっきフェイが投げてたヤツ？」

思わず叫ぶ。すると、エリルは小さく頷《うなず》いた。クロノはキノコ雲のように舞い上がる粉《ふん》塵《じん》を見上げ、あることに気付いた。

「フェイは？」

「……彼女《かのじょ》ならあっち」

視線を巡らせて言うと、エリルがある方向――爆心地《ばくしんち》を指差した。

「え？　大丈夫？　死ぬんじゃない、あれ？」

「……普通《ふつう》は死ぬ」

「いや、同僚《どうりょう》を殺しておいて平然としすぎでしょ？」

「……私は殺していない。死んだとしても不幸な事故」

「いやいや、業務上過失致死傷《ちししょう》だよ？」

「……でも、大丈夫」

「そりゃ、エリルは少年法に守られてるから問題ないかも知れないけど――」

僕《ぼく》には責任があるんだよ、と拳を握り締める。すると、エリルが爆心地を指差したまま小さく口を動かした。

「……彼女は無事」

「そっか、無事か」

クロノは胸を撫《な》で下ろし、改めて爆心地を見た。すると、粉塵の中からフェイが這《は》い出てくる所だった。だが――。

「無事じゃない！　焦《こ》げてるッ！」

クロノは思わず叫んだ。そう、フェイの体からは黒い煙《けむり》が立ち上っていたのだ。

「……エラキス侯爵《こうしゃく》、落ち着いてよく見て欲《ほ》しい」

「いやいやいや、エリルは落ち着きすぎだよ。人が燃えてるんですよ？」

「燃えてない」

「え⁉」

エリルがムッとしたように言い、クロノはフェイを見つめた。次の瞬間――。

「死ぬかと思ったであります！」

フェイがガバッと体を起こした。そこで、クロノは黒い煙の正体が神威術であることに気付いた。

「……不発弾は危険。だから、神威術が使える彼女に処理を頼《たの》んでいる」

「そうなんだ」

クロノは今度こそ胸を撫で下ろした。

※

夜――クロノは超長距離《ちようちようきより》通信用マジックアイテムの端末《たんまつ》を持って会議室に入った。会議室には二列五段で机が並び、右側の列には前から順にミノ、レイラ、フェイ、サッブ、シロ、ハイイロ、タイガ、ナスル、アリデッド、デネブが、左側の列にはこちらも前から順にティリア、シッター、ワイズマン先生、リオ、エリル、ゴルディが座《すわ》っている。レイラは小さに歩み寄り、超長距離通信用マジックアイテムの端末を差し出す。すると、レイラは小さく頷き、両手で超長距離通信用マジックアイテムを受け取った。

「ケイン、聞こえてる？」

『ああ、聞こえてるぜ』

呼びかけると、すぐに返事があった。執務室《しつむしつ》から動かしたので心配だったが、超長距離通信用マジックアイテムは問題なく機能しているようだ。

「皆《みんな》、揃《そろ》ってるね」

クロノの言葉に皆が神妙な面持ちで頷く。さて、何から話すべきか。いや、それよりも先にやるべきことがある。視線を巡らせ――。

「まず、必要なことだったとはいえ作戦に関する情報を秘密にしていたことを謝《あやま》りたいと思う。申し訳ない」

頭を下げる。だが、反応はない。しばらくして顔を上げると、ミノが口を開いた。

「大将、さっきも言った通り、軍人にゃ親兄弟にだって情報を秘さなきゃならねぇことがありやす。ここにいる連中はそれくらい弁《わきま》えてまさ」

ミノの言葉にレイラ達が頷く。それで、気分が楽になった。咳払いをして口を開く。

「今回の任務は神聖アルゴ王国――具体的には王室派への支援《しえん》になる。皆、このことについても思う所があると思うけど、ケフェウス帝国《ていこく》を神聖アルゴ王国の脅威《きょうい》から解放するためと怒《いか》りを呑み込んで欲しい」

「王室派も神殿《しんでん》派も憎《にく》たらしいヤツらってことにゃ変わりありやせんが、王室派を支援して戦争がなくなるってんなら我慢《がまん》しやす」

「難しいですが、二度と攻《せ》め込んでこないのであれば……」

「『俺達《おれたち》、我慢』」

「部下から文句を言われそうでござるな」

「親征だけではなく、その前も大勢死んでますからな」

「だが、国の決定だ。怒りを呑み込むしかない」

クロノの言葉に反応したのは帝国暦四三〇年五月の神聖アルゴ王国軍侵攻《しんこう》で戦った者達——ミノ、レイラ、シロ、ハイイロ、タイガ、ゴルディ、ナスルだ。そこで、アリデッドとデネブの声が聞こえないことに気付く。最後列に座る二人を見る。すると、二人は目を閉じて手を組んでいた。

「二人とも何してるの？」

「今、お祈り中だから黙《だま》ってて欲しいし」

「どうか、作戦に参加せずに済みますようにみたいな」

誰が作戦に参加するかはもう決めているのだが、可哀想《かわいそう》なので黙っておく。ごほん、とクロノは咳払いをして視線を巡らせる。

「今回の作戦は神聖アルゴ王国——王室派の勢力を神殿派に匹敵《ひってき》、あるいは上回るレベルに拡大させることを目的とし、そのために三つの作戦を並行《へいこう》して行います」

ミノ達が神妙《しんみょう》な面持《おもも》ちで頷き、クロノは口を開いた。

「その一つが交易です。王室派の領地は神殿派が主要な街道を押さえているために陸の孤《こ》島《とう》と化しています。そこで原生林を突っ切ってシルバートンから王室派の領地まで塩や香《こう》辛料《しんりょう》などの物資を届けに行きます。といっても単に物資を届けるだけでは交易にならないので、そこはシナー貿易組合に任せることにしました。つまり、懐具合《ふところぐあい》を心配する必要はありません」

クロノが冗談《じょうだん》めかして言うと、部下達がどっと笑った。ちなみにアリデッドとデネブはお祈りを続行中、ティリア達は平然としている。あとはワイズマン先生が苦笑じみた笑みを浮《う》かべたくらいか。

「ところで、誰の領地に届けるんで？」

「イグニス将軍だよ」

「「「ぐッ……」」」

ミノの質問に答える。すると、ミノ、タイガ、ナスルの三人が呻《うめ》いた。無理もない。三人とも親征に参加してイグニス将軍に死にそうな目に遭わされている。リオがやれやれと言わんばかりの表情を浮かべる。

「クロノ、イグニス将軍は信用できるのかい？」

「裏切られることはないと思う。まあ、上から命令されたり、こっちから裏切ったりしなければだけど……」

「それはよかった。精々、寝首《ねくび》を掻かれないように用心しないとね」

リオが大仰《おおぎょう》に肩《かた》を竦《すく》めて言うと、ミノ、タイガ、ナスルの三人が表情を和《やわ》らげた。どうやらリオは雰囲気が悪くならないように気を遣《つか》ってくれたようだ。ケインも気を遣ってくれたのか、超長距離通信用マジックアイテムの端末から声が響《ひび》く。

『交易はシナー貿易組合に任せるって話だが……、大丈夫なのか？　エレインのヤツはクロノ様が思ってるより欲の皮が突っ張ってるぞ？』

「阿漕《あこぎ》な商売をしないように監視《かんし》するし、王室派も配下の商人を儲《もう》けさせなきゃいけないから利益を独占《どくせん》って訳にはいかないよ」

『な～んか、裏を掻いてきそうなんだよな』

ケインはぼやくように言った。代官所で腕を組むケインの姿が目に浮かぶようだ。皆も同じなのか、噛《か》み殺したような笑い声が響く。クロノはリオとケインの気遣《きづか》いに感謝しながら口を開いた。

「エレインさんにはケインからも釘《くぎ》を刺《さ》してもらうということで。次に二つ目の作戦について説明します。二つ目の作戦は街道封鎖《ふうさ》です。神聖アルゴ王国と自由都市国家群を繋《つな》ぐ街道を封鎖して神殿派の財政にダメージを与《あた》え、さらにシナー貿易組合が活動しやすい環《かん》境《きょう》を整えます」

「街道封鎖か」

クロノが二つ目の作戦を説明すると、ティリアがぽつりと呟《つぶや》いた。

「何か問題でも？」

「クロノ、お前麾下《きか》の騎兵隊《きへいたい》は何人だ？」

「騎《き》兵《へい》二十、弓騎兵《きゆうきへい》九、訓練中の弓騎兵二十であります！」

ティリアの質問に答えたのはフェイだ。誉め言葉を期待してか、誇《ほこ》らしげに胸を張っている。だが——。

「訓練中の兵士を戦力に数えるな」

「はいであります」

ティリアがぴしゃりと言い、フェイはしょんぼりと俯《うつむ》いた。ティリアが腕を組む。

「実質二十九人。総動員すれば嫌がらせ程度のことはできるが——」

「街道の警備ができなくなって領内の治安が悪化する、でしょ？」

「なんだ、分かってるじゃないか」

言葉を遮《さえぎ》って言うが、ティリアは嬉《うれ》しそうだ。

「だから、うちから騎兵隊を一班出して、あとは帝都から三十人送ってもらう」

「それでも四十だぞ？」

「街道を完全に封鎖しようって訳じゃないから大丈夫だよ」

「なるほど、嫌がらせが目的ということか」

「そういうこと。街道を行き来する商人の数が減ればそれで十分」

「うむ、そういうことなら問題ない。話の邪魔《じゃま》をして悪かった」

ティリアは満足そうに頷き、口を閉じた。

「三つ目の作戦は炊《た》き出しなどによる領民の懐柔《かいじゅう》です。作戦の性質上、拠点《きょてん》の確保と王室派との連携《れんけい》が必要になるので、この作戦に参加するメンバーはシナー貿易組合と一緒《いっしょ》に神聖アルゴ王国に入国します」

「クロノ様……」

「どうぞ」

レイラがおずおずと手を挙げ、クロノは発言を許可した。レイラが超長距離通信用マジックアイテムの端末をミノに渡《わた》して立ち上がる。

「恐《おそ》らく、クロノ様は領民を懐柔して領主が翻意《ほんい》しやすい環境を作ろうとしているのだと思いますが、難しいのではないでしょうか？」

「というと？」

「はい、炊き出しにやって来る――貧困層《ひんこんそう》はあまり多くないのではないかと。それに、あくまで私の見解ですが……」

「うん、言ってみて」

レイラが口籠《くちご》もり、クロノは先を促《うなが》した。

「貧困層は言ってみれば街の厄介者《やっかいもの》です。それどころか流れ者である可能性も……。そのような人達が声を上げても聞き流されるだけなのではないでしょうか？」

「レイラの言うことはもっともでさ」

ミノはうんうんと頷き、ハッとしたような表情を浮かべた。

「申し訳ありやせん。つい……」

「いや、いいよ。レイラの言うことはもっともだと思う。貧困層が声を上げても聞き流されるだけ――為政者《いせいしゃ》として耳が痛いけど、それは事実としてあると思う。ただ、この場合に限っていえば王室派は神殿派とは違うんだって宣伝の意味合いが強い。まあ、支持してくれるんならありがたく支持してもらうけどね」

そこでクロノは言葉を句切った。沈黙《ちんもく》が舞《ま》い降《お》り――。

「……エラキス侯爵、もったいぶるのはよくない」

「分かったよ。さっき炊き出しなどって言ったけど、宣伝は一つじゃない。たとえば――」

エリルがぼそっと言い、クロノは三つ目の作戦について説明した。作戦立案に協力してくれたワイズマン先生は苦笑しているだけだが、他の面子は戸惑いとも呆《あき》れともつかない表情を浮かべている。

「――と、まあ、こういうこともやろうと思う。どうかな？」

「それは……、申し訳ありません。私程度ではクロノ様の作戦を評価できません」

クロノは説明を終え、レイラに視線を向けた。すると、レイラは口籠もり、しょんぼりと席に着いた。

「どう？」

「うむ、どうなんだ？」

「取り敢《あ》えず、王室派と神殿派は違うってことだけは伝わると思うよ。どう転ぶかまでは分からないけど……」

ティリアとリオに視線を向ける。だが、ティリアは小首を傾げ、リオは困ったような表情を浮かべている。今一つな反応だ。皆の反応を見ていると考え直した方がいいのかなという気がしてくる。その時、パンパンッという音が響いた。ワイズマン先生が手を打ち鳴らしたのだ。視線を向ける。

「自画自賛のようで恐縮《きようしゆく》ですが、面白《おもしろ》いアイディアだと思いますよ」

「そうでしょうか？　それにしては皆の反応が……」

「新しすぎるのでしょう」

　ワイズマン先生は穏やかな口調で言った。ワイズマン先生にそう言われると時代の先駆《せんく》者《しや》として頑張《がんば》らねばという気になる。

「はい、じゃあ、最後に誰《だれ》がどの作戦に従事するか発表します。まず僕、ミノさん、シロ、ハイイロ、フェイ――」

「――ッ！」

　ハッという音が響く。息を呑む音だ。音のした方を見ると、フェイが俯いていた。

「どうしたの？」

「クロノ様、今回の作戦には私も参加するのでありますか？」

「武勲《ぶくん》を立てるチャンスだよ？」

「そ、それはそうでありますが……」

「嫌なの？」

「嫌であります！　折角《せっかく》、騎兵隊長になったのにあんまりであります！　騎兵隊長はクロノ様の留守を預かる立場だったはずでありますッ！」

クロノが尋《たず》ねると、フェイは大声で叫んで長机に突っ伏《ぶ》した。

「私が作戦に参加している間、誰が代理を務めるでありますか？」

「サッブにお願いしようと思ってるけど……」

「作戦を終えて戻《もど》ったらサッブさんが正式な騎兵隊長になるという寸法でありますね」

「姐《あね》さん、安心して下せぇ。正式な騎兵隊長にって話が来ても断りやす」

フェイが長机に突っ伏したまま呻くと、サッブが声を掛けた。フェイが顔を上げ――。

「本当でありますかぁ？」

「嘘《うそ》は言いやせん。だから、姐さんは安心して武勲を立ててきて下せぇ」

イラッとする口調で言う。だが、フェイの扱いに慣れているのだろう。サッブは気分を害した素振《そぶ》りも見せずに答えた。

「分かったであります。サッブさんが正式な騎兵隊長にと打診《だしん》されても断ってくれるのなら私は安心して武勲を立てられるであります！」

「その意気ですぜ」

　フェイが体を起こして言うと、サッブはパチパチと手を打ち鳴らした。

「じゃあ、改めて僕、ミノさん、シロ、ハイイロ、フェイ、リオが三つ目の作戦に、二つ目の作戦に参加するのはアリ――」

「「ぎゃーッ！」」

　クロノの言葉はアリデッドとデネブに遮られた。

「アリ――」

「「ぎゃーッ！」」

　再び言葉を遮られる。叫んでも二人が参加するのは決定事項《じこう》なのだが――。

「デネブ」

「……ぎゃーッ！」

　二回連続でアリデッドの名前を呼んだせいで油断していたのだろう。デネブはクロノが名前を呼んだ後で叫んだ。デネブが隣《となり》に座るアリデッドに視線を向ける。

「お姉ちゃん、叫んだの私だけなんだけど？」

「や、それは申し訳ないみたいな。だけど、よく考えて欲しいし。デネブが行けばあたしだけは助かるかも知れないみたいな！」

「最低！　いつにも増して最低だよッ！」

「いつにも増してとは何事かみたいなッ！」

「はい、喧嘩《けんか》はそこまで」

アリデッドがデネブに飛び掛かろうとし、クロノは手を打ち鳴らした。

「アリデッドとデネブは自分の隊と帝都から送られてきた部隊を統率《とうそつ》して街道を通る商人に嫌がらせをして下さい」

「はい、クロノ先生！　質問ですみたいなッ！」

「おやつは真鍮貨《しんちゆうか》六枚までです」

「そうじゃないし」

アリデッドはぶんぶんと頭《かぶり》を振《ふ》った。

「では、何でしょう？」

「略奪《りやくだつ》はＯＫですかみたいな？」

「すごいこと聞きますね」

「えへへ……」

クロノが真顔で突っ込《こ》むと、アリデッドは照れ臭そうに頭を掻いた。

「死者が出ると相手もムキになるので死者を出さない方向で努力しつつ、食料を中心に略奪を許可します」

「ひゃっはーッ！　流石《さすが》、クロノ先生！　分かってらっしゃるぜぇみたいなッ！」

「いいのかな～」

アリデッドが拳《こぶし》を突き上げ、デネブがぼやくように言う。すると、アリデッドはデネブに向き直った。

「だったらデネブは略奪しなければいいし。あたしはこの機会にお金を貯《た》めて悠々自適《ゆうゆうじてき》な生活を送るみたいな」

「誰も略奪しないとは言ってないから。むしろ、私の方がお姉ちゃんより早く悠々自適な生活を送るから」

「だったら、競争みたいな」

「受けて立つし！」

アリデッドが挑発《ちょうはつ》する。すると、デネブはあっさり挑発に乗った。こうやって人間は悪に染まっていくのだろう。いやいや、物思いに耽《ふけ》っている場合ではない。クロノはパンパンッと手を打ち鳴らした。アリデッドとデネブが正面に向き直り、居住まいを正す。

「さっきも言った通り、死者はできるだけ出さないように、食料を中心に略奪するように。あと強姦《ごうかん》も禁止！　ＯＫ？」

「「ＯＫだし！」」

　クロノが念を押《お》すと、アリデッドとデネブは元気よく答えた。

「はい、では、そういう訳で今のメンバー以外は留守番になります。レイラはミノさんの代理として大隊を、サッブはフェイの代理として騎兵隊を指揮して下さい。なお、騎兵隊はアリデッド隊が抜《ぬ》けるので人数不足が予想されます。よって訓練中の騎兵を引き抜いて隊を再編制しても構いません」

「承知いたしました」

「へい、分かりやした。姐さんと相談して決めさせて頂きやす」

　クロノの言葉にレイラとサッブは頷いた。

「ゴルディ、タイガ、ナスルは引き続き、業務に励《はげ》んで下さい」

「了解《りょうかい》ですぞ」

「了解でござる」

「了解した」

　ゴルディ、タイガ、ナスルの三人が頷き、レイラがおずおずと手を挙げる。

「何でしょう？」

「クロノ様の――領主代理は誰が務めるのですか？」

「留守中はティリアが領主代理を務めるので――」

「待て！」

言葉を遮られ、クロノはティリアに視線を向けた。

「どうかしたの？」

「私が領主代理なんて聞いてないぞ」

「前に自分の適材適所は領主代理って言ったじゃない」

「それは……、確かに言ったが……」

「領主代理に任命すれば仕事をするって言ったし、次に僕が領地を空ける時は任せておけとも言ったよね？」

「ぐッ、だが、それは……」

「言ったよね？」

「…………言った」

ティリアはかなり間を置いて頷いた。

※

「判子で署名する時間は減らせても書類を読む時間は減らせない不思議……」

クロノが自室で書類に判子を押していると、チーンという音が響いた。卓上《たくじょう》ベル型のマジックアイテムが鳴る音だ。どうやら誰かが近づいているようだ。何故《なぜ》だろう。嫌《いや》な予感がする。今すぐに隠《かく》れなければ。視線を巡《めぐ》らせる。ベッドが目に留《と》まる。あの隙間《すきま》なんて如何《いかが》なものか？　と腰《こし》を浮かせたその時、バンッという音と共に扉《とびら》が開いた。反射的に扉を見ると、軍服姿のティリアが立っていた。うん、機嫌《きげん》が悪そうだ。

ティリアは扉を閉めると壁《かべ》に寄り掛かった。こちらに近づいてこないどころか、話そうとさえしない。沈黙が舞い降りる。息が詰《つ》まるような沈黙だ。多分、蛇《へび》に睨《にら》まれた蛙《かえる》はこんな気持ちだ。だが、クロノは蛙ではない。何度も死線を潜《くぐ》り抜けてきた。これまでの経験を総動員すればこれしきの窮地《きゅうち》乗り越《こ》えられるはずだ。だというのにこの窮地を乗り切るアイディアが湧《わ》いてこなかった。思考を巡らせてもカラカラと空回るのみだ。

何でもいいからアイディアを捻《ひね》り出すんだ。僕はできる男。そんな風に自分を鼓舞《こぶ》していると、ティリアが口を開いた。

「どうした？　来ないのか？」

「行きますよ、もちろん」

クロノはイスから立ち上がり、内心びくびくしながらティリアに歩み寄った。ティリアが腕《うで》を伸《の》ばした時に届くか届かないかくらいの距離《きょり》で立ち止まる。掴《つか》み掛かってきたら刻《こく》印術《いんじゅつ》を使って後方に跳躍《ちょうやく》、そして窓から逃《に》げる。逃げる算段を立てるが、意外にもというべきかティリアは掴み掛かってこなかった。不意に視線を逸《そ》らす。

「また戦いだな」

「そうならないように願ってるけどね」

ティリアがぼそっと呟き、クロノは内心首を傾《かし》げながら答えた。どうして、今更《いまさら》そんな話をするのか。不機嫌《ふきげん》そうに見えたが、ナーバスになっていただけだろうか。南辺境でも死にそうな目に遭ったから無理もない。心配してくれている。そう考えると、途端《とたん》に可愛《かわい》く見えてしまう。

「私も――ん？」

ティリアがこちらを見て、首を傾げる。視線はクロノの肩、いや、もう少し上に向けられている。虫でもいるのかと肩越《かたご》しに背後を見る。だが、そこには何もない。不意に衝撃《しょうげき》が体を貫《つらぬ》く。ティリアに肩を掴まれたのだ。

「油断したな？」

「しまった！　これはティリアの罠《わな》でござるッ！」

「その通りだ！　だが、もう遅《おそ》いッ！」

刻印術を使って後方に跳躍――逃げる算段を実行する間もなく、クロノは首に手を回され、引き寄せられていた。いい匂《にお》いが鼻腔《びこう》を刺激《しげき》する。

「ふふふ、今日は私の勝ちだな？」

「負けた口惜《くや》しさよりもいい匂いだな～が先に立つ自分がちょっと可愛い」

「可愛くないぞ」

「そうですか」

ティリアに真顔で突《つ》っ込まれ、クロノはしょんぼりと俯いた。

「体臭《たいしゅう》の話はさておき――」

「体臭って言うと途端に臭《くさ》そうになるね」

「臭い訳あるか！」

クロノが言葉を遮って言うと、ティリアは声を荒《あら》らげた。ごほん、と咳払《せきばら》いをする。

「とにかく、お前はまた戦いに赴《おもむ》く訳だ」

「そうですね」

「クロノ、思い残すことは少ない方がいいと思わないか？」

「縁起《えんぎ》でもない！」

クロノは思わず叫《さけ》んだ。その拍子《ひょうし》に体が動くが、ティリアにがっちりホールドされていて離《はな》れられなかった。

「縁起でもないも何も一昨年の五月——神聖アルゴ王国軍のエラキス侯爵領侵攻《しんこう》から数えて三度も死にそうな目に遭ってるじゃないか」

「いやいや、三度とも生還《せいかん》してるから」

「四度目はないというオチだな。上げて上げて、もう一つ上げて落とす。最高だな」

「最悪だよ！」

「きっと、今際《いまわ》の際に『あの時、ティリアを抱《だ》いておけばよかった。体力の限界にチャレンジしておけばよかった』と後悔《こうかい》するに違《ちが》いない」

「つまり、今から体力の限界に挑戦《ちょうせん》したいと？」

「当たり前だろ。そうでなければお前を罠に嵌《は》めるような真似《まね》を誰がするか」

「当たり前なんだ」

「それにお前だって興味があるんだろ？」

「そりゃ、まあ……」

「だったら問題ないじゃないか」

「じゃあ、ベッドに——」

「駄目だ。ここでしろ」

「一国の皇女がすごいことを言いますね」

「お前があの手この手で私を拘束《こうそく》しようとするからだ」

ティリアは拗《す》ねたように唇《くちびる》を尖《とが》らせて言った。それに、と続ける。

「知ってるぞ。お前が親征から戻って来た日にハーフエルフと激しく睦《むつ》み合ったことを」

「よくご存じで」

「お前が……、いや、私達が思っている以上に私達の行動は筒抜《つつぬ》けなんだ」

ティリアはちょっと顔を赤らめながら言った。

「という訳でするぞ？」

「ちょっ――」

クロノは最後まで言い切ることができなかった。ぐいっと引き寄せられ、情熱的なキスをされたからだ。最初は戸惑《とまど》うばかりだったが、息継《いきつ》ぎのためにティリアが唇を離した所で意識が切り替《か》わった。防戦一方ではやられるだけだ。積極的になるべきだと。そこから先はクロノも果敢《かかん》に攻めた。だが、主導権を奪《うば》われまいとティリアも攻めてくる。戦いは我慢比べの様相を呈《てい》し、一旦《いったん》は引き分けとなった。

「なかなかやるな？」

「ティリアこそ」

手の甲《こう》で口元を拭《ぬぐ》いながら笑《え》みを浮かべる。これでいいのかな～？　と頭の片隅《かたすみ》で冷静な自分が首を傾げているが、あえて無視する。守りに入った方が負ける。そんな予感があったからだ。

「よ、よし、そ、そろそろするぞ？」

「……」

ティリアが口籠もりながら言い、クロノは無言で頷いた。正直、限界だった。だが、それはティリアも同じようだ。ズボンを脱《ぬ》ごうとしているが、気が急《せ》いてしまっているせいか辿々《たどたど》しい手付きだ。ようやく片脚《かたあし》をズボンから抜き、こちらを見る。ちなみにもうクロノはズボンを下ろしている。ごくり、とティリアが喉《のど》を鳴らす。

「準備万端《ばんたん》みたいだな？」

「ティリアの方こそ」

「今ショーツの紐《ひも》を解く」

ティリアがもたもたとショーツの紐を解く。チャンスだ。クロノは距離を詰め、不意打ちを喰《く》らわせる。意識外の攻撃《こうげき》を受け、ティリアはぎゅっとしがみついてきた。責めるような視線を向けてくる。

「不意打ちは卑怯《ひきょう》だぞ」

「不意打ち？　するって言ったのはティリアだよ？」

「くッ、覚えておけ」

ティリアは口惜しげに呻き、再び唇を重ねてきた。

第二章『難民』

早朝――煙が空へと昇《のぼ》っていく。デレクは肩に槍《やり》を担《かつ》ぎ、その様子を眺《なが》めた。どれくらいそうしていただろう。カチッという音が響く。何事かと視線を落とすと、槍の柄《え》が交差していた。どうやら先程《さきほど》の音は槍がぶつかり合った時に生じたもののようだ。隣に視線を向けると、粗末《そまつ》な革鎧《かわよろい》を身に着けた兵士が立っていた。名をハンスという。先輩風《せんぱいかぜ》を吹《ふ》かすのであまり仲はよくない。ハンスが前を見ろと言うように顎《あご》をしゃくる。小さく溜息《ためいき》を吐《つ》き、前を見る。視線の先には村があった。エルフどもが森の中に作った村だ。その村は炎《ほのお》に包まれ、煙が立ち上っている。

炎に包まれた村ではエルフどもが逃げ回っていた。当然か。どんな生き物でも炎に焼かれれば死ぬ。それこそ死《し》に物狂《ものぐる》いで炎から逃《のが》れようとするだろう。たとえ村の周囲をデレク達《たち》――神聖アルゴ王国軍が取り囲んでいたとしても。だが、エルフどもがデレク達のもとに辿《たど》り着くことはない。その前に殺されてしまうからだ。

デレクは目を細める。村にはエルフの他に五人の男がいた。五色――白、赤、蒼《あお》、緑、黄の神官服《しんかん》を身に纏《まと》っている。神殿の異端審問官《いたんしんもんかん》だ。彼《かれ》らは超人的《ちょうじんてき》な動きでエルフどもに襲《おそ》い掛《か》かる。剣《けん》で斬《き》り殺し、槍で突き殺し、弓矢で射殺し、戦槌《せんつい》で叩《たた》き殺す。エルフどもは瞬《また》く間《ま》に数を減らしていく。

ふとある異端審問官が目に留まる。どうして、目に留まったのか。それは彼の武器が木の棒であったからだ。もちろん、神威術《しんいじゅつ》を使えば木の棒でさえ兵器と成り得る。それでもわざわざ木の棒を武器とする者はいない。要するに変わり者ということだ。

彼はノイローゼの熊のようにうろうろしていた。バンッという音が響く。炎上《えんじょう》する家から二人のエルフ——恐らく、母親と子どもだろう——が飛び出してきたのだ。突然《とつぜん》のことで驚《おどろ》いたのか、彼はびくっと体を震《ふる》わせ、こともあろうに木の棒を落としてしまった。木の棒を拾おうと腰を屈《かが》める。次の瞬間《しゅんかん》、エルフの母親がナイフ片手に異端審問官に襲い掛かった。仲間のピンチだ。にもかかわらず他の異端審問官は助けに入ろうとしない。吸《す》い込まれるようにナイフが首筋に突き刺さる。

エルフの母親がナイフから手を放して後退《あとずさ》る。子どもに手を伸ばしたその時、異端審問官が何事もなかったように体を起こした。そして、首筋に突き刺さったナイフを抜く。刃《やいば》には血が一滴《いってき》も付いていない。恐らく、神威術で癒《い》やしたのだろう。あ……、と異端審問官が声を発し、エルフの母親が体を震わせる。

「あ、あ、ああ、あ――ッ！」

異端審問官は断続的に声を発しながら体を震わせた。不意に声が止まる。虐殺《ぎゃくさつ》は未《いま》だに続いているが、デレクにはそこだけ周囲から切り離されているかのように見えた。

「あーッ！　貴方《あなた》は首筋にいきなりナイフを突き刺すなんて殺すつもりですか!?　死んだらどうするつもりですか？　責任が取れるんですか？　謝りなさい！　這《は》い蹲《つくば》って謝りなさいッ！　誠心誠意謝りなさい！　謝罪を要求しますッ！　謝れ謝れ謝れ――」

異端審問官はぎくしゃくと体を動かしながら『謝れ』と繰《く》り返した。その姿に気圧《けお》されたのか、あるいは逃げるチャンスを窺《うかが》っているのか、エルフの母親は這い蹲った。

「申し訳――」

「謝っちゃ駄目《だめ》でしょぉぉぉッ！」

異端審問官は言葉を遮り、木の棒でエルフの母親を殴《なぐ》りつけた。頭が大きく陥没《かんぼつ》し、エルフの母親は動きを止めた。神威術で強化された木の棒で殴られたのだから当然か。

「謝るくらいなら、なんで刺したんですか!?　どうして、悪いことと分かっていて人を刺すんですか？　人を刺しちゃいけませんって小さい頃《ころ》に習わなかったんですかッ？　そんな貴方は折檻《せっかん》です！　悪い子、悪い子、悪い子ーッ！」

異端審問官は喚《わめ》きながら木の棒でエルフの母親を殴りつけた。何度も、何度もだ。エルフの母親が原形を失った頃、異端審問官はエルフの子どもに向き直った。子どもは尻餅《しりもち》をつき、失禁している。異端審問官は手の甲で汗《あせ》を拭い、子どもに微笑《ほほえ》みかけた。それはエルフの母親を撲殺《ぼくさつ》したばかりとは思えないほど朗《ほが》らかな微笑みだった。

「さあ、神に祈《いの》りなさい。神はいつでも見守っておられます」

「……」

エルフの子どもは答えない。いや、答えられない。その子にできるのはガチガチと歯を鳴らすことだけだ。異端審問官は胸の前で手を組み——。

「なんで、貴方は神に祈らないんですか⁉」

突然、激昂《げきこう》して木の棒でエルフの子どもを殴りつけた。そのままエルフの子どもが横に倒《たお》れる。即死《そくし》か、それに近い状態なのだろう。ぴくりとも動かない。だが、異端審問官の怒りは収まらない。

「神に祈れって言いました！　言ったよな⁉　言ったんだよッ！　それなのに、どうして神に祈らないいんですか？　そんなだから貴方は駄目なんですッ！　折檻！　折檻ッ！　折檻ッ‼　苦痛を受けた分だけ貴方の罪は浄化《じょうか》され、神に——おーッ！　神が、神が呼びかけている！　明日の天気は晴れッ！」

異端審問官は仰《の》け反《ぞ》り、びくびくっと体を痙攣《けいれん》させた。デレクは視線を巡らせた。虐殺はもう終わったようだ。動いているのは炎と異端審問官達《いたんしんもんかんたち》だけだ。その時、背後で気配を感じた。振り返ると、鎧《よろい》に身を包んだ男達がこちらにやって来る所だった。王国軍の兵士ではない。神殿騎士《しんでんきし》と呼ばれる連中だ。五人の大神官——純白神殿《じゅんぱくしんでん》の大神官アルブス、真紅神殿《しんくしんでん》の大神官ルーフス、蒼神殿《あおしんでん》の大神官レウム、翠神殿《みどりしんでん》の大神官ウィリディス、黄土神《おうどしん》殿の大神官フラウムの姿もある。

「道を空けろッ！」

神殿騎士が叫び、デレク達は左右に分かれて跪《ひざまず》いた。神殿騎士達《しんでんきしたち》に守られたアルブス達が通り過ぎる。村の中央付近でアルブス達が足を止める。すると、異端審問官達が駆《か》け寄り、片膝《かたひざ》を突いた。

「猊下《げいか》、先の戦いで敵と通じていたエルフどもを誅殺《ちゅうさつ》いたしました」

「ご苦労様です。神の御許《みもと》に召《め》された命は戻りませんが、これでわずかなりとも魂《たましい》を慰《なぐさ》めることができるでしょう」

木の棒でエルフの親子を殴り殺した異端審問官の言葉にアルブスは痛ましげな表情を浮かべて応じた。なんて茶番だ。先の戦いで王国が大損害を被《こうむ》ったのは純白神殿の神祇官《しんぎかん》が指揮を執《と》っていたからだ。そんなことは学のないデレクにだって分かる。仮にも大神官に上《のぼ》り詰めた男に分からないはずがない。要するに今回の虐殺は先の戦争における純白神殿の失態を糊塗《こと》するために行われたのだ。アルブス達がこちらに向き直る。

「兵士の皆《みな》さん、ありがとうございます。皆さんのお陰《かげ》でエルフどもを誅殺することに成功しました。しかし、油断はできません。不穏《ふおん》分子は何処《どこ》に潜《ひそ》んでいるか分からず、今回のように敵と通じて甚大《じんだい》な被害《ひがい》をもたらすことがあります」

アルブスはそこで言葉を句切った。不穏分子とは神殿に批判的な人間という意味だ。そういう意味ではデレクも不穏分子ということになる。つまり、あまり批判的な態度を取っているとお前達もこうなるぞと脅《おど》しているのだ。

「我々は先の戦争で犠牲《ぎせい》になった者達に誓《ちか》います！　我々——神殿はこれからも不穏分子と戦っていくと！　我らが王国を守ってみせるとッ！」

「アルブス猊下万歳《ばんざい》！　純白神殿万歳ッ！」

アルブスが拳を振り上げて叫ぶと、ハンスが大声で叫んだ。

「ルーフス猊下万歳！　真紅神殿万歳ッ！」

「レウム猊下万歳！　蒼神殿万歳ッ！」

「ウィリディス猊下万歳！　翠神殿万歳ッ！」

「フラウム猊下万歳！　黄土神殿万歳ッ！」

異端審問官達が、神殿騎士達が追従する。余計なことをしやがってと思ったが、デレクも叫んだ。神殿の連中から見ればデレクもエルフも大差ない存在なのだ。

※

朝──エルフが森の民だなんて誰が言い始めたんだ？　とディノは胸中で毒づきながら鉈《なた》で藪《やぶ》を叩き切った。確かに森に住むエルフは多い。神聖アルゴ王国とケフェウス帝国《ていこく》の間に広がる原生林にはディノが知っている限りで十を超《こ》えるエルフの集落がある。他の国のことは知らないが、そこから森の民と呼ばれるようになったのは想像に難《かた》くない。しかし、それはエルフが森を好んでいるからではない。

エルフは脆弱《ぜいじゃく》な種族だ。いくつかの部分で他種族に勝る部分はあるものの、総じて体格に恵《めぐ》まれず、長い寿命《じゅみょう》の代償《だいしょう》であるかのように子どもが産まれにくい。規模の小さな戦いならばともかく、種族同士の争いになればエルフは必ず負ける。要するにエルフが森に住んでいるのは負けた結果なのだ。

いや、違うか。エルフは今も負け続けている。数日前のことを思い出す。数日前、村にエルフの子どもがやって来た。シャウラと名乗ったその子どもが住んでいた集落は神聖アルゴ王国軍に滅《ほろ》ぼされたのだと言う。意外だとは思わなかった。王国で何かあった時にはエルフが原因とされることが常だったからだ。今度もまた一つか二つ集落が滅ぼされておしまいだろう。とはいえ、今後のことを話し合わない訳にはいかなかった。戦おうという声もあったし、運を天に任せようという声もあった。

ディノは逃げることを選んだ。他に道が残されていなければ戦うことを選んでいただろう。幸いにもというべきか、道は残されていた。一年ほど前にケフェウス帝国の貴族と知り合っていたのだ。エラキス侯爵《こうしやく》領の領主を名乗る変な男だった。その気があるのならば領民として迎《むか》えると言っていたが、利用されて終わるのではという懸念《けねん》から決断をずるずると先延ばしにしていた。もちろん、今もその思いは払拭《ふっしょく》し切れていない。それでも、彼を頼《たよ》ることを選んだのは利用されて終わるにせよできるだけのことをしたと納得《なっとく》したかったからだ。さらにいえば案内役の存在も大きかった。彼女《かのじょ》がいなければやはり決断を先延ばしにしていただろう。

ディノはできる限りのことをした。いや、できる限りのことをしている。だが、こうして鉈で藪を叩き切っていると本当にこれでいいのかという思いが込み上げてくる。こそこそ身を隠し、敵から逃げることしかできない。まるでネズミだ。いや、ネズミならばまだいい。ディノは人間だ。敵《かな》わないまでもせめて一矢《いっし》報《むく》いたい、一太刀《ひとたち》浴びせたい。そう考えて行動するのが人間ではないか。

ディノは手を止め、小さく頭《かぶり》を振った。いけない。何日も森の中を彷徨《さまよ》っているせいか考えが悪い方に向かってしまう。その時、何かが背中にぶつかった。ハッとして振り返ると、少し離れた所に仲間の姿があった。やや視線を落とす。すると、エルフの少女――シャウラが鼻を押さえていた。

「どうした？」

「……」

問いかけるが、シャウラは答えない。ぼんやりとこちらを見上げるだけだ。小さく息を吐く。村に来てからシャウラはずっとこんな調子だ。喋《しゃべ》ろうとしないのだ。お陰で情報を得るのにえらく難儀《なんぎ》した。ディノは半ばから断《た》たれた自身の左耳に触《ふ》れる。気持ちは分かる。だが、ディノ達も手一杯《ていっぱい》なのだ。もっとしっかりしてくれなければ困る。シャウラが小首を傾げ、ふと案内役の姿が脳裏《のうり》を過《よぎ》った。そういえばシャウラは彼女の周りをずっとうろちょろしていた。

「あの方は先行して安全を確保している。分かったなら皆の所に戻っていろ」

「……」

シャウラは無言で頷《うなず》き、皆のもとに戻った。だが、歩み寄る者はいない。これでは領民として迎えられても、いや、止めよう。そんな先のことを心配しても仕方がない。今は前に進むことだけを考えよう。正面に向き直り、鉈で藪を叩き切る。藪を叩き切り、藪を叩き切り、藪を叩き切り——視界が開ける。原生林を抜けたのかと思ったが、違った。そこだけ更地《さらち》になっていたのだ。

何故とは思わなかった。というのも更地の中心に案内役——扇情的《せんじょうてき》な衣装《いしょう》を身に纏った人間の女がいたからだ。髪《かみ》は長く、肌《はだ》は抜けるように白い。ふと出会った時のことを思い出す。最初は正気を疑った。格好だけでも正気を疑うに十分だが、彼女は漆黒神殿《しっこくしんでん》の大神官を名乗ったのだ。そんな大それた嘘を吐くなんて正気とは思えなかった。だが、数日間行動を共にして今では畏怖《いふ》の念を抱くようになっている。

こんな格好をしているにもかかわらず彼女はディノ達よりも速く原生林を進むのだ。それだけではない。原生林を進んでいれば藪に引っ掛けたり、虫に刺《さ》されたりして無傷ではいられない。実際、ディノは傷だらけになっている。だというのに彼女の肌には傷一つない。さらに食事を摂《と》らず、眠《ねむ》りもしない。少なくともディノはこの数日間で一度も彼女が食事を摂ったり、眠ったりしている姿を見たことがなかった。

「お？　追いついたか」

「はい、大神官様」

ディノは彼女に歩み寄って跪いた。背後から仲間の声が響《ひび》く。突然、更地に出たことに驚いているのだろう。

「ディノ、跪かんでもいいと言うたはずじゃが？」

「いえ、大恩ある大神官様と目線を合わせることなどできません」

「むぅ、ワシはもっとフレンドリーな対応の方が好みなんじゃが？」

「申し訳ございません」

ディノは頭を垂れた。脂汗《あぶらあせ》が滲《にじ》み出てくる。畏怖の念を抱くようになってようやく思い至ったことだが、恐《おそ》らく彼女は人間ではない。人間の姿をしているが、その本質は人間とは掛け離れている。得体が知れない。今は手を差し伸べてくれているが、いつ牙《きば》を剥《む》くのか分からない。だから、こうして頭を垂れるより他ない。

「謝《あやま》らんでもいいわい」

「はい……」

「それじゃ行くかの。ここまで来ればエラキス侯爵領まであと少しじゃからな」

彼女──大神官がこちらに背を向けて歩き出し、ディノはその後に続いた。爪先《つまさき》に何かが当たり、視線を落とす。すると、白い棒状のものが目に留まった。

「どうかしたんか？」

「いえ、その、白い棒のようなものを蹴《け》ってしまって……」

「ああ、そりゃ蛮刀狼《ばんとうおおかみ》の骨じゃな」

ディノが口籠《くちご》もりながら答えると、大神官は興味なさそうに言った。

「蛮刀狼？」

「獣人《じゅうじん》のご先祖様みたいなヤツじゃな。さっき歩いておったら襲い掛かってきてな。殺生《せっしょう》するつもりはなかったんじゃが、話が通じる相手ではなくてのぅ」

「ああ……」

大神官が溜息交じりに言い、ディノは声を上げた。なるほど、ここが更地になっているのは蛮刀狼とやらを退治したせいだったのか。きっと、加減を間違《まちが》えてしまったのだろう。そこで会話が途切《とぎ》れる。気まずいが、話《はな》し掛けられるよりもよほど気が楽だ。大神官に先導されて更地を抜け、原生林を進む。しばらくして視界が開ける。今度こそ原生林を抜けたのだ。ややあって背後から仲間の声が響く。歓喜《かんき》に彩《いろど》られた声だ。

「――ッ！」

ディノは息を呑《の》んだ。馬蹄《ばてい》の音が聞こえたのだ。音のした方を見る。すると、十騎《じゅっき》ほどの騎兵《きへい》がこちらに駆けてくる所だった。先頭の二騎を見て、胸を撫《な》で下ろす。先頭の二騎があの男の部下だったからだ。

「大神官様、あの二人はエラキス侯爵の部下です」

「そうか。どうやら無事に辿り着けたようじゃな」

大神官は呵々《かか》と笑った。騎兵がディノ達の前で停止する。

「見慣れない連中を発見したと思ったら久しぶりの再会だったみたいな！」

「クロノ様に伝令！　約束を果たす時が来たみたいな！」

二人が約束を覚えていたことにディノは心の底から安堵《あんど》した。

※

昼前——クロノは浮遊感《ふゆう》で目を覚ました。次いで衝撃が体を貫く。どうやらベッドから落ちたようだ。痛む体を起こしてベッドを見ると、ティリアがすやすやと眠っていた。ちなみに服は着ていない。一糸纏わぬ姿だ。まあ、それはクロノも同じだが。位置はといえば中央からかなりずれている。多分、ティリアに端《はし》へ端へと追いやられてベッドから落ちたのだろう。

うん、とティリアが小さく呻《うめ》き、睫毛《まつげ》が微《かす》かに震える。ややあって目を開く。夢心地《ゆめごこち》というか、何というか幸せそうな表情だ。

「体力の限界に挑戦した感想はどうだ？」

「ちん──」

「どんな感想だ⁉」

まだ『ちん』しか言ってないのにティリアはガバッと体を起こして突っ込んできた。

「いや、だって、感想はって言うから」

「だからって、ちんこはないだろう。ちんこは」

「……」

「──ッ！」

クロノが押し黙《だま》ると、ティリアはハッとしたような表情を浮《う》かべた。恥《は》ずかしさからだろう。あっという間に耳まで真っ赤になる。気まずそうに顔を背《そむ》け、ぼそっと呟《つぶや》く。

「何か言え」

「うん、股間《こかん》がひりひりするなって」

「言い換《か》えただけじゃないか！」

「そうだけど、カーテンも閉まってるし、天気の話題を振るのもわざとらしいかなって」

「天気以外にも話題は色々とあるだろ」

「たとえば？」

「たとえば……」

クロノが尋《たず》ねると、ティリアは口籠もった。

「ほら、いきなり何か言えって言われても無理なんだよ」

「だからって、下半身の話題は……」

「ティリアは痛くないの？」

ぐぬッ、とティリアは呻き、ものすごい形相で睨み付けてきた。もっとも、それも長くは続かない。小さく溜息を吐き、拗ねたように唇を尖らせる。

「む、むぅ、私もちょっと痛い」

「だよね！」

「嬉《うれ》しそうな顔をするんじゃないッ！」

クロノが声を弾《はず》ませて言うと、ティリアは悲鳴じみた声を上げた。

「まったく、デリカシーのないヤツだ」

「でも、気になるでしょ？」

「それは、まあ……」

「朝まで頑張《がんば》ったもんね」

ティリアが口籠もり、クロノは昨夜のことを思い出しながらしみじみと呟いた。体力の限界に挑《いど》むつもりが、最終的に相手を屈服《くっぷく》させることを目的とするチキンレースじみたものになってしまった。その時、ぎゅ～という音が響いた。お腹《なか》の鳴る音だ。カーテンを見る。差し込《こ》む光の強さから考えて昼頃《ひるごろ》だろうか。お腹が空《す》く訳だ。

「仕事もあるけど、とりあえずお風呂《ふろ》に入って、ご飯にしよう」

「うむ、そうしよう」

ティリアは鷹揚《おうよう》に頷き、シーツを体に巻き付けた。どうやら順番を先に譲《ゆず》らなければならないようだ。

「早めに出てね？」

「何を言ってるんだ？　お前も一緒《いっしょ》に決まってるじゃないか」

「え～、一緒に入るの～」

「私と一緒に風呂に入るのがそんなに嫌か⁉」

クロノが声を上げると、ティリアは声を荒らげた。

「嫌じゃないけど……、またすることになりそうじゃない？」

「まったく、何を言うかと思えば。あれだけやったんだぞ？　流石《さすが》の私も打ち止めだ」

「ティリアは打つ方ではないのでは？」

「細かいヤツだな」

クロノが突っ込みを入れると、ティリアはちょっとだけムッとしたように言った。

※

クロノは風呂イスに座《すわ》ると桶《おけ》で浴槽《よくそう》の湯を掬《すく》った。そっと掛け湯をする。途中《とちゅう》までは問題なかったのだが、お湯が股間に到達《とうたつ》するとひりひりと痛んだ。それもお湯が流れ落ちるまでだ。痛みから解放され、ふぅと息を吐く。すると、ガチャという音が響いた。浴室の扉が開く音だ。肩越しに背後を見ると、ティリアが惜《お》しげもなく裸身《らしん》を曝《さら》しながら近づいてくる所だった。男ならば喜ぶべき場面だ。だが、どうしてだろう。嫌な予感がした。いや、予感ではない。前にこれと同じような場面に遭遇《そうぐう》したような気がする。既視感《きしかん》というヤツだろうか。

「今日は、いや、昨夜か？　まあ、いい。とにかく、ご苦労だった。ご褒美《ほうび》という訳ではないが、背中を流してやろう」

「……」

「ん？　どうしたんだ？」

クロノが黙り込んでいると、ティリアがやや前傾《ぜんけい》になった。大きな胸が揺《ゆ》れる。ちょっと劣情《れつじょう》を催《もよお》して股間に痛みを覚える。

「何とか言え」

「前にもこんなことがなかった？」

「前にも？」

　クロノの問いかけにティリアは不思議そうに小首を傾げた。本心なのか、演技なのか表情からでは分からない。

「なかったぞ？」

「そ、そう……」

「で、どうするんだ？」

　口籠もりながら相槌《あいづち》を打つと、ティリアは胸を強調するように腕を組んで、さらに前傾になった。断るべき。断るべきだ。それなのに——。

「じゃあ、お願いしようかな」

　クロノは逆の選択《せんたく》をしていた。

「流石、クロノだ。待ってろ、今準備をする」

「うん……」

　ティリアが跪き、クロノは正面に向き直った。きっと、蛸《たこ》は今のクロノと同じような気持ちを抱きながら蛸壺《たこつぼ》に——。

「待たせたな」

「――ッ！」

柔《やわ》らかく、先端《せんたん》が少しだけ硬《かた》いティリアのおっぱいが背中に押《お》しつけられ、去年――帝《てい》国暦《こくれき》四三一年三月上旬《じょうじゅん》の記憶《きおく》が鮮《あざ》やかに甦《よみがえ》った。しまったと思った時にはティリアがクロノを握《にぎ》り締《し》めていた。

「迂闊《うかつ》だな」

「くッ、やっぱり罠だった」

ティリアが勝ち誇《ほこ》ったように言い、クロノは呻いた。だが、まだだ。まだこの状況《じょうきょう》から抜《ぬ》け出せるはずだ。そう、一度はこの状況から――。

「今回は『髪の毛を洗ってあげるよ』と言われても乗らないぞ？」

「ぐッ……」

逃げ道《みち》を塞《ふさ》がれ、クロノは呻いた。呻くしかない。

「『流石の私も打ち止め』とか言ってたくせに」

「打つのは私じゃないからいいんだ」

「痛ッ！」

ティリアが手を上下に動かし、クロノは濁《にご》った声を上げた。やはりというべきか、明け方までハッスルしたせいで股間が痛む。どうすればと考えたその時、ふと閃《ひらめ》くものがあった。刻印《こくいん》を浮かび上がらせる。

「ふむ、刻印術《こくいんじゅつ》か。だが、無駄《むだ》だ」

ティリアの体から白い光が立ち上る。これで身体能力は五分と五分。だが、クロノの刻印術には時間制限がある。それを踏《ふ》まえればティリアが圧倒的《あっとうてき》に有利だ。

「私が神威術を使う前ならば逃《に》げられただろうが……、そんなことをすれば私が怪我《けが》をしてしまうかも知れないものな？」

「そうだね。けど、刻印術にはこういう使い方もあるんだ」

「何だ——ぎゃッ！」

突然、ティリアが色気のない悲鳴を上げ、クロノの股間から手を放す。もちろん、その隙《すき》を見逃《みのが》さない。すかさず距離《きょり》を取り、背後に向き直る。すると、ティリアは膝立《ひざだ》ちになってこちらを睨《にら》んでいた。手でお尻《しり》を押さえている。

「お前！　やっていいことと悪いことの区別も付かないのかッ！」

「だって、こうでもしないと逃げられなかったんだもの」

「だからってお尻のあ……」

ティリアは途中まで言い掛け、憎《にく》らしげにこちらを睨む。

「どうやったんだ？」

「刻印術には影《かげ》を操《あやつ》る力があるんだよ。ブラックスネーク、カモン」

パチンと指を鳴らす。すると、影の一部分が濃《こ》くなり、そこから黒い蛇《へび》のようなものが出てきた。これでティリアのお尻を突《つ》いたのだ。黒い蛇のようなものはティリアに一礼すると影に戻《もど》った。

「それは影を操るというレベルじゃないぞ。いつの間にこんなことを……」

「いつか触手《しょくしゅ》プレイをやる日が来るんじゃないかと死ぬ気で練習しました」

「最悪だな、お前はッ！」

ティリアは声を荒《あら》らげ、がっくりと肩《かた》を落とした。白い光が霧散《むさん》する。

「諦《あきら》めた？」

「ああ、諦めた」

念のために確認《かくにん》すると、ティリアは溜息交じりに頷いた。本当かな？　と疑う気持ちはあったが、体が軋《きし》み始めたので刻印を消す。

「さっさと風呂に入れ。風邪《かぜ》を引くぞ」

「誰《だれ》のせいで……」

「知らん」

ふん、とティリアは鼻を鳴らして風呂イスに座った。どうやら諦めたようだ。クロノは泡《あわ》を洗い流し、股間の痛みに耐《た》えながら湯船に浸《つ》かった。ふぃ〜、と息を吐いて視線を横に向けると、ティリアが掛け湯をしていた。元気になってしまいそうだったので天井《てんじょう》を見上げる。ややあって、ティリアが浴槽の傍《かたわ》らに立つ。

「入るぞ?」

「どうぞ」

ティリアは湯船に入り、ゆっくりと腰《こし》を落とす。クロノと同じ理由からか、途中でぐぬッと呻いたが、スピードを落としつつも湯船に浸かる。

「ティリアさん……」

「何だ?」

「どうして、僕達《ぼくたち》は向かい合っているのでしょうか?」

「背中を向けるのは危険だと判断したからだ」

「そーですか」

ああ、とティリアは頷き、距離を詰《つ》めてきた。おっぱいが、おっぱいが近い。このままでは元気になってしまう。

「ん〜、さっきはあんなことまでして逃げたのに元気そうじゃないか」

「おっぱいがいけないんだ」

「そうか。おっぱいがいけないのか」

ティリアはにやりと笑ってさらに距離を詰めてきた。油断した。やはり、ティリアは諦めてなどいなかったのだ。

「どうする？　負けを認めるか？」

「いつの間に勝負に……」

「昨夜、キスをした時からだ。それで、どうする？」

「しないって言ったら？」

「それは仕方がない。諦めて自分で自分を慰めることにする」

「一国の皇女の発言とは思えませんな」

「私をこんなにしたのはお前だぞ」

「そうかな～？」

クロノは首を傾《かし》げた。どう考えても素だと思うが——。

「最終確認だ。どうする、クロノ？」

「我《わ》が儘《まま》なおっぱいにはお仕置きが必要だね？」

「決まりだな」

ティリアはにやりと笑い、クロノに跨《また》がった。

※

昼すぎ——クロノはティリアと共に侯爵邸《こうしゃくてい》の廊下《ろうか》を進む。あれから我が儘なおっぱいにお仕置きすべく頑張ったのだが——。

「疲《つか》れた」

「私もだ」

クロノが溜息交じりに呟くと、ティリアは溜息交じりに応じた。しばらく無言で廊下を進み、ティリアが沈黙《ちんもく》に耐えられなくなったように口を開く。

「まあ、なんだ。私達は相性《あいしょう》がいいみたいだな」

「相性がよすぎて、むしろ悪いレベルだよ」

クロノは溜息を吐き、がっくりと肩を落とした。火と油というか、火と火というか互《たが》いにムキになると際限がなくなるのだ。

「今日は仕事にならなそう」

「そうか」

「手伝ってくれるとは言わないんだね」

「もちろん、私にもクロノを手伝いたいという気持ちはある。だが、私はこの自由をぎりぎりまで満喫《まんきつ》したいんだ」

ぎりぎりまで宿題をやらない小学生みたいだと思ったが、口にはしない。その代わりに深々と溜息を吐く。

「溜息を吐くな。こっちまで気が滅入《めい》ってくる」

「だって、仕事が……」

「お前は真面目すぎなんだ。明日に回せる仕事は明日に回せ」

「今日できる仕事は今日やるべきじゃない？」

「もちろん、今日やらなければいけない仕事は今日やるべきだ。だが、明日に回せる仕事は明日に回しても誰も文句を言わん。優先順位の問題だ」

ほ～ん、とクロノは声を上げげた。

「どうして、そんな声を上げるんだ？」

「ティリアはちゃんと仕事の段取りを考えてるんだなって。僕《ぼく》なんて一日一日を凌《しの》ぐのに手一杯なのに……」

「これでも、私は皇女だからな。それくらいのことはできる」

「それなのに一日一日を凌ぐのに手一杯な僕を助けてくれないんだね」

「ぐッ……」

クロノが溜息《ためいき》交じりに言うと、ティリアは苦しげに呻いた。どうやらティリアにも罪悪感というものが存在していたらしい。

「でも、僕はぎりぎりまで自由を満喫したいっていうティリアの気持ちを——」

「分かった」

「何が？」

ティリアが言葉を遮《さえぎ》って言い、クロノは何が分かったのか尋ねた。もちろん、仕事を手伝ってくれるという意味だと分かっているが——。

「分かった。きちんと仕事を手伝う」

「別にぎりぎりまで自由を満喫してもいいんだよ？」

「いや、いい。真面目に仕事をする」

クロノが優《やさ》しく声を掛けると、ティリアは拗《す》ねたような口調で言った。

「流石、僕のお嫁《よめ》さんだね」

「リップサービスはいらん」

食堂に着き、中に入る。すると、リオとエリルがテーブルを挟《はさ》んで向かい合うように座っていた。二人とも優雅《ゆうが》に香茶を飲んでいる。女将《おかみ》の姿はない。クロノはリオの隣《となり》、ティリアはエリルの隣――クロノの対面の席に座る。

「二人とも今日は随分《ずいぶん》と遅《おそ》いお目覚めだね？」

「昨夜は激しく愛し合ったからな。いや、さっきまで愛し合っていたというべきか」

リオがティーカップをテーブルに置いて嫌《いや》みを言うと、ティリアは勝ち誇ったような笑《え》みを浮かべた。髪を掻《か》き上げ、優雅に脚《あし》を組む。

「激しく、ね。クロノがまた嫌がらなきゃいいけど」

「それは困るな。何しろ、合意の上で激しく愛し合ったんだ。合意の上での行為《こうい》で嫌がられたら流石の私も困ってしまう」

ふ～ん、とリオは興味なさそうに相槌を打ち、ティーカップを手に取った。いつもと変わらぬ表情だ。だが、これをチャンスと見たのだろう。ティリアが身を乗り出す。

「羨《うらや》ましいか？」

「そうだね。とても羨ましいよ」

「ほぅ、今日は随分と素直《すなお》じゃないか」

リオが少しだけ寂《さび》しそうに言うと、ティリアは感心したように言った。無論、勝利を確信しているがゆえの態度だ。だから――。

「ボクは感じやすい質でね。そんなに激しく愛し合ったら正気を保つ自信がないよ」

「何だと……」

リオの言葉で表情を曇《くも》らせた。ティリアがこちらに視線を向ける。本当なのか？　と目で訴《うった》えている。だが、その反応はアウトだ。チャンスと言わんばかりにリオがしな垂れ掛《か》かってきた。

「クロノもそう思うだろ？」

「…………そうだね」

「――ッ！」

クロノがかなり間を置いて答えると、ティリアは驚《おどろ》いたように目を見開いた。先程《さきほど》まで愛し合っていたのになんて男だと思っているのだろう。だが、クロノにも言い分はある。リオの手が太股《ふともも》に触れていた。しかも、いつでも握り潰《つぶ》せると言わんばかりの位置だ。これでは嘘《うそ》を吐《つ》く訳にはいかない。

「ボク達《たち》が昼まで愛し合ったらどうなってしまうんだろうね？」

「それは……」

リオが囁《ささや》くような声音《こわね》で言い、クロノは口籠もった。今までの経験から考えるに――。

「戻って来られなくなるのでは？」

「戻って？　ははッ、いいね。戻って来られなくなる。うん、そうだね。クロノと激しく愛し合ったらきっとボクは戻って来られなくなってしまうね」

クロノの言わんとしていることが理解できなかったのか、リオは鸚鵡《おうむ》返しに呟いた。だが、すぐに意味を察したようだ。愉快《ゆかい》そうに手を打ち鳴らす。

「皇女殿下はどうだい？」

「私だって戻って来られなくなると思ったことくらいある」

リオの問いかけにティリアはちょっとだけ拗ねたような口調で言った。クロノはティリアにご満足頂けていると思っているが、リオレベルかと言われると困ってしまう。それが分かったのだろう。リオはサディスティックな笑みを浮かべた。だが、言葉が紡《つむ》がれることはなかった。食堂と厨房《ちゅうぼう》を隔《へだ》てる扉《とびら》が開いたのだ。扉の方を見ると、女将がティーセットの載《の》ったトレイを持って近づいてくる所だった。うん、不機嫌《ふきげん》そうだ。

女将はドンッとトレイをテーブルに置き、リオとエリルの間——側面の席にどっかりと腰を下ろした。おずおずと口を開く。

「あの、女将？」

「何だい？」

「何でもないです」

女将が不機嫌そのものの口調で言い、クロノはすごすごと退散した。朝食ばかりか昼食まですっぽかしたのだ。怒《おこ》られて当然だ。何とかして機嫌《きげん》を取らねば。クロノが思案を巡《めぐ》らせていると、ティリアが口を開いた。嫌な予感しかしない。

「女将、昼食を頼《たの》む」

「はぁ？　昼食？　どの面下げて言ってるんだい。先に謝るのが筋だろ」

「すまん。昼食を頼む」

「――――ッ！」

ティリアがぺこりと頭を下げて言うと、女将はぎょっと目を剥いた。パチパチという音が響く。エリルが手を打ち鳴らしたのだ。

「何故《なぜ》、手を叩《たた》く？」

「……皇女殿下《でんか》は人に謝ることを覚えた。これは人類にとってとてもとても小さな一歩だが、皇女殿下にとっては大きな一歩」

ティリアがイラッとした様子で尋ねる。すると、エリルは手を打ち鳴らすのを止めて理由を説明した。ふぅという音が響く。女将が溜息を吐いたのだ。

「分かったよ。余りもんでよけりゃ持ってきてやるよ。その前に朝食と昼食をすっぽかした理由を説明しな」

「クロノと体力の限界に挑戦《ちょうせん》していた」

「体力の限界？」

女将は小首を傾《かし》げ、しばらくしてその意味を理解したらしく渋《しぶ》い顔をした。

「昼食には間に合うと思ったのだが、つい風呂で――」

「ああ、もういいよ」

女将は片方の手でこめかみを押さえ、もう片方の手を左右に振《ふ》りながら言った。

「昨夜からついさっきまでってことかい？」

「いや、流石に明け方に一眠《ひとねむ》りした」

「いい歳《とし》した大人が何やってるんだい」

女将が呆《あき》れたように言い、クロノはちょっとだけ反省した。だが、あれはあれで得がたい経験だったのではないかと思う。できれば女将とも――。その時、嫌な予感でもしたのか女将がぶるりと身震《みぶる》いした。こちらに視線を向ける。

「念のために言っておくけど、あたしゃ明け方までなんてご免《めん》だからね」

「まあ、そう言わずに――」

「そんなに付き合わされたら死んじまうよ」

女将はクロノの言葉を遮って言った。ふと視線を感じて周囲を見回す。すると、エリルがこちらを見ていた。

「……エラキス侯爵、女将の料理は人類の至宝。それを失うことがあってはならない。偶《たま》に食べられないのは仕方がない。けれど、永遠に失うようなことがあってはいけない。もし、女将の料理が失われたら……」

「失われたら？」

「それはエラキス侯爵の死を意味する」

クロノが鸚鵡返しに尋ねると、エリルは間を置かずに答えた。目がマジだ。どうやらエリルは本気でクロノを殺そうと思っているらしい。そんなことにはならないと思うが、予防線は張っておきたい。

「人類の至宝が失われないように努力します」

「……理解してもらえてよかった。私もできればエラキス侯爵を殺したくない」

エリルはぼそぼそと呟き、ティーカップを手に取った。ぐぅという音が響く。クロノのお腹が鳴る音だ。女将に視線を向ける。すると、彼女は仕方がないねぇというように溜息を吐き、イスから立ち上がった。

「料理を持ってきてやるからちょっと待ってな」

「わーい、女将ありがとう」

「念のために言っておくけど、あたし相手に体力の限界に挑むなんて真似《まね》は止めておくれよ。本当に死んじまうからね？」

「はい、善処します」

「善処ね。本当に――」

「クロノ様、伝令です！」

女将のぼやきは精悍《せいかん》な声によって遮られた。声のした方を見る。すると、食堂の入り口にエルフの男が立っていた。弓騎兵《きゆうきへい》の一人で、アリデッドとデネブの部下だ。確か名前はザグといったはずだ。

「ザグ、こっちに来て報告を」

「私の名を？」

「古参の部下の名前くらい覚えてるよ」

ザグが困惑《こんわく》したように言い、クロノは苦笑《くしよう》した。

「報告を……」

「はッ！」

クロノが報告を促《うなが》すと、ザグは駆《か》け寄ってきた。クロノの前で立ち止まって敬礼する。

「クロノ様に報告いたします。東の街道を巡回中《じゆんかいちゆう》に人間の女性に率いられたエルフの集団と遭遇いたしました」

「人間の女性？」

「漆黒神殿の神官を名乗っていましたが……、神官とは思えぬ破廉恥《はれんち》な格好を……」

「ふ〜ん、そうなんだ」

ザグがごにょごにょと言い、クロノは相槌を打った。破廉恥な格好の神官——元の世界では有り得ないが、ここは異世界だ。そういう神官がいても不思議ではないように思う。

「それで、集団の規模は？　武装してる？　どんな目的で来たか言ってた？」

「集団の規模は五十人ほど、鉈《なた》などは所持しておりましたが、剣《けん》や槍《やり》などは所持しておりませんでした。目的については神聖アルゴ王国から迫害《はくがい》を逃《のが》れてきたと」

ふむ、とクロノは頷《うなず》いた。どうやら難民と考えて間違いないようだ。ふとあるエルフの姿が脳裏《のうり》を過《よぎ》るが——。

「アリデッドとデネブは何か言ってた？」

「『約束を守る日が来たみたいな』と」

「なるほど……」

クロノは小さく呟いた。難民の正体は親征の時に出会ったエルフ達のようだ。決断までに随分と時間が掛かったが、これは仕方がない。自分と仲間の命をベットして一度会っただけの、しかも帝国《ていこく》の貴族に賭《か》けられる人間なんてそうそういない。

「どうされますか？」

「もちろん、約束は守るよ」

クロノがイスから立ち上がると、ティリア、リオ、女将も立ち上がった。

「ティリア達も来るの？」

「エルフの集団だけならばともかく、神聖アルゴ王国の神官も一緒と聞いてはな」

「神威術を使えるか分からないけど、使えたら厄介《やっかい》だからね」

ティリアとリオの言葉にクロノは目を見開いた。

「二人とも戦うつもりなの？　神聖アルゴ王国とは講和中なのに？」

「用心するに越《こ》したことはない。講和中だからと何の備えもせずに近づいて殺されましたでは洒落《しゃれ》にならん」

「まあ、そうだけど……」

クロノが口籠もると、ティリアはポンと手を打ち鳴らした。

「フェイは今日非番だったな。よし、フェイも誘《さそ》おう」

「それがいいね」

「フェイまで連れていくなんて……」

クロノは呻いたが、二人はやる気満々だ。止められそうにない。深々と溜息を吐き、女将に視線を向ける。

「女将は？」

「あたしゃ道中で食べる料理を作ろうと思っただけだよ」

「ありがとう」

「礼を言われるほどのことじゃないよ」

女将が恥ずかしそうに顔を背けると、エリルがイスから立ち上がった。

「……私も行く」

「目的は女将の料理？」

「それもある」

クロノの問いかけにエリルは間髪《かんはつ》入《い》れずに答えた。それっきり黙り込んでしまうが、しばらくして再び口を開く。

「……魔術式《まじゅつしき》は神威術がベースになっている。漆黒神殿《しっこくしんでん》の神官が神威術士とは限らないが、話を聞けば魔術式開発の参考になるかも知れない」

「そういえば軍学校でそんな話を聞いたような気が……」

いつ聞いたんだっけ？　と記憶を漁《あさ》り、頭を振る。記憶を漁っている場合じゃない。難民を迎《むか》えに行かなければ。視線を巡らせる。大所帯になってしまったが――。

「シオンさんに難民受け入れの準備をお願いしてから出発ッ！」

クロノは声を張り上げた。

※

夕方――クロノ達を乗せた荷馬車は街道を東へと進む。空腹は女将が作ってくれたお弁当のお陰《かげ》で解消された。荷馬車の乗り心地《ごこち》もゴルディがまめに整備してくれるお陰で悪くない。それなのに居心地《いごこち》が悪かった。

「クロノ様、両手に花でありますね」

「そーですね」

対面に座っていたフェイがぽつりと呟き、クロノはまず左――荷馬車の後方に視線を向けた。荷馬車の後方には難民を乗せるための荷馬車が十台連なっている。さらに視線を落とすと、リオが嬉しそうにクロノの腕《うで》に抱《だ》きついていた。次に右――荷馬車の進行方向に視線を向ける。荷馬車の前方には馬に乗ったザグの姿がある。やや視線を落とすと、ティリアがクロノの腕を抱き締め、リオを睨んでいた。

「馬に乗れればこんなことにはならなかったのにでありますね」

「前も言ったかも知れないけど、馬には乗れるんだよ」

フェイが溜息交じりに言い、クロノはムッとして返した。

「本当でありますかぁ？」

「本当だよ」

フェイの口調にイラッとしながら返す。そう、馬には乗れる。軍学校でワイズマン先生に付き合ってもらって練習した。

「戦闘《せんとう》は無理だし、速く走らせるのも今一つ自信がないけど」

「それは乗れる内に入らないであります。よろしければ教えるでありますよ？」

「いや、いいよ」

「何故でありますか!?」

クロノが断ると、フェイは身を乗り出して言った。

「クロノ様は第十三近衛騎士団《きしだん》の団長でありますよ？　団長が馬に乗れなくて、どうして騎士団長を名乗れるのでありますか？」

「騎士団の団長だから馬に乗れなくてもいいんだよ」

「……なるほどな～であります」

フェイは少し間を置いて声を上げた。だが、すぐにハッとしたような表情を浮《う》かべ、ぶんぶんと頭を振る。

「馬には乗れた方がいいであります。マンツーマンで教えるであります」

「ワイズマン先生にもマンツーマンで教えてもらったんだけど……。できる？」

「それは、ちょっと無理かも知れないであります」

クロノが伝家の宝刀を抜くと、フェイは口籠《くちご》もりながら俯《うつむ》いた。自分で言っておいてなんだが、ちょっと傷付く。

「……私も馬には乗れない」

「――――ッ！」

エリルがぼそっと呟《つぶや》くと、フェイは驚いたように目を見開いた。

「エリル殿《どの》は馬に乗ってみたいでありますか？」

「……世の中には適材適所というものがある」

「それはそうかも知れないでありますが、馬に乗れた方がいいでありますよ」

「……考えてみて欲《ほ》しい。私が馬に乗れるようになったら」

「乗れるようになったら？」

エリルがぼそぼそと呟き、フェイが鸚鵡返しに尋ねる。

「……貴方《あなた》は用済みになるかも知れない」

「嫌であります！　厩舎《きゅうしゃ》の掃除係《そうじがかり》はもう嫌でありますッ！　二度と馬糞女《まぐそおんな》と呼ばれたくないでありますッ！」

フェイが涙目《なみだめ》で叫《さけ》んだ次の瞬間《しゅんかん》、荷馬車が揺れた。スピードを落としたのだ。進行方向に視線を向けると、小高い丘《おか》とその麓《ふもと》にある村が見えた。ケインが盗賊《とうぞく》だった頃《ころ》、拠点《きょてん》にしていた村だ。煙《けむり》が幾筋《いくすじ》も立ち上っている。あそこで難民を保護しているようだ。荷馬車はさらにスピードを落とし、村の外縁《がいえん》部で止まった。不意に両腕《りょううで》が軽くなる。ティリアとリオがクロノから離《はな》れたのだ。

「よし、行くぞ」

「了解《りょうかい》であります」

「分かってるさ」

ティリアが荷馬車から飛び降りると、フェイとリオが後に続いた。三人が歩き出し、クロノは慌《あわ》てて後を追う。ややあって背後からドシンという音が響《ひび》く。肩越《かたご》しに背後を見ると、エリルが尻餅《しりもち》をついていた。エリルに歩み寄り、手を差し伸《の》べる。

「大丈夫《だいじょうぶ》？」

「……着地の衝撃《しょうげき》に脚が耐えられなかった」

「運動不足だよ。少しは運動しなきゃ」

「……必要ない」

エリルが手を握り返し、クロノはぐいっと引っ張った。

「……感謝する」

「お礼はいいよ」

「……私は皇女殿下とは違《ちが》い、他人に感謝する気持ちを持っている。だから、それをアピールしてみた。アピールはとても大事」

「そーですか」

クロノはエリルから手を放し、正面に向き直った。だが、そこに三人——ティリア、フェイ、リオの姿はない。どうやらクロノを置いて行ってしまったようだ。慌てて三人の後を追う。建物の間を通り抜け、村の広場に出る。すると——。

「どっせい！」

ティリアが光弾《こうだん》を放つ所だった。光弾の標的は妙齢《みようれい》の美女だ。髪《かみ》は長く、露出度《ろしゆつど》の高いドレスに身を包んでいる。光弾が迫《せま》っているにもかかわらず、女性は面白《おもしろ》がるかのような表情を浮かべている。直撃《ちよくげき》するかと思いきや光弾が女性の手前で弾《はじ》ける。そこにリオが攻撃を仕掛《しか》ける。弓——神器による攻撃《こうげき》だ。光の奔流《ほんりゆう》が女性を呑《の》み込《こ》む。

「姫様《ひめさま》、ご乱心みたいな！　非戦闘員を避難《ひなん》させるしッ！」

「家に逃げても無駄だし！　家ごと巻き込まれるみたいなッ！」

アリデッドとデネブの声が響く。日頃《ひごろ》の訓練の賜物《たまもの》か、騎兵隊《きへいたい》は非戦闘員——村民と難民を避難させている。

「なんで、戦ってるの？」

「クロノ様、ここにいらっしゃいましたか！」

クロノが呆然《ぼうぜん》と呟くと、ザグが駆け寄ってきた。負傷はないようだ。

「一体、何が？」

「分かりません！　突然《とつぜん》、皇女殿下が襲《おそ》い掛かり……」

「……皇女殿下達《たち》は」

ザグが口籠もり、エリルの苦しげな声が響いた。視線を落とすと、エリルが前傾《ぜんけい》になって肩で息をしていた。本格的に運動不足のようだ。

「……神威術士特有の感覚であの女性を危険だと判断したと思われる」

「勘《かん》で襲い掛かったってこと？　相手が何もしてないのに？」

「……私は推論を述べただけ。本当の所は分からない」

クロノは正面に向き直った。光の奔流を引き裂《さ》き、女性が姿を現す。どうやら怪我はないようだ。ホッと息を吐く。

「いや、安心してる場合じゃ――」

「だりゃぁぁぁッ！」

雄叫《おたけ》びがクロノの声を遮る。フェイの声だ。黒い光を纏《まと》った剣で斬《き》りかかるが、女性はのろのろと後ろに下がって刃《やいば》を躱《かわ》す。

「どうすれば？」

「……私がやると周囲に甚大《じんだい》な被害《ひがい》が出るので当てにしないで欲しい」

「ぐぅ、仕方がない」

クロノは呻《うめ》き、天枢神楽《てんすうかぐら》と呟いた。魔術式が視界を滝《たき》のように流れる。さらに天枢神楽を起動する。視界が魔術式で埋《う》め尽《つ》くされ、激しい頭痛に襲われる。構わずに天枢神楽を起動し、天枢神楽の数が十を超《こ》えた瞬間、視界が真っ暗になった。視界が元に戻る。すると、エリルがこちらを見ていた。違和感《いわかん》を覚えて視線を巡らせる。どうやら、意識を失って膝を屈《くっ》してしまったようだ。

「……エラキス侯爵《こうしゃく》、魔術の多重起動は推奨《すいしょう》できない。脳が焼き切れる」

「無茶《むちゃ》しないでいいならそうするけど、そうじゃないからね」

クロノは苦笑いを浮かべ、さらに天枢神楽を起動した。天枢神楽の数が二十を超えたその時、エリルがクロノの肩に触《ふ》れた。

「……それ以上はいけない。すでに危険域」

「これだけあれば大丈夫か」

クロノは正面を見た。先程と同じようにフェイが斬りかかり、女性がのろのろと刃を躱している。不意にフェイが腰を落とし、居合抜《ぬ》きのような構えを取る。

「神器召喚《しんきしょうかん》──抜剣《ばっけん》ッ！」

黒い光が爆発《ばくはつ》するように手元から溢《あふ》れ出し、フェイは剣を抜き放った。神器召喚──クロノが知る限り最強の神威術だ。だが、女性は親指と人差し指で受け止めた。いや、刃を親指と人差し指で摘《つ》まんだというべきか。女が目を細める。ここだ。ここしかない。

「行け！」

クロノは天枢神楽を一斉《いっせい》に動かした。二十の天枢神楽──黒い球体が女性とフェイ、離れた所にいるティリアとリオを取り囲む。立ち上がろうとして膝を屈しそうになるが、ザグが支えてくれた。

「ありがとう」

「いえ、礼には及《およ》びません」

「皆《みんな》の所に」

クロノはザグの肩を借り、ティリア達のもとに向かった。幸いというべきか、四人とも動きを止めている。クロノに気付いたのだろう。ティリアがこちらを見る。

「クロノ、邪魔《じゃま》を――」

「この戦いは僕が預かった！」

ティリアの言葉を遮って、クロノは叫んだ。ティリアが口惜《くや》しげに顔を歪《ゆが》め、剣を収める。リオが肩を竦《すく》めて神器を消し、クロノはフェイと女性に視線を向けた。

「フェイ、剣を収めて」

「それは理解しているでありますが、剣を摘まれていては……」

「これはすまんかったのぅ」

フェイが呻くように言い、女性が刃を放した。突然の出来事だったからか、それとも渾《こん》身《しん》の力を込めていたからかフェイが尻餅をつく。クロノはホッと息を吐き、天枢神楽を上空に移動、一斉に弾けさせた。女性に歩み寄り、ぺこりと頭を下げる。

「私はエラキス侯爵領の領主でクロノ・クロフォードと申します」

「クロノ？　ああ、イグニスの右腕《みぎうで》を吹《ふ》っ飛ばしたヤツじゃな」

「え、ええ、そのクロノです。このたびは私の連れがとんでもないことをしてしまい、申し訳ありませんでした」

今度は深々と頭を下げる。顔を上げると、女性はきょとんとしていた。知らぬ間に鼻血を流していたのだろうか。手の甲《こう》で口元を拭《ぬぐ》う。だが、血は付いていない。改めて女性に視線を向ける。すると、女性は破顔した。

「いやいや、そんな頭を下げなくてもいいんじゃよ。人間誰《だれ》しも過《あやま》ちはあるからの」

「そう仰《おっしゃ》って頂けると……」

クロノはホッと息を吐いた。天枢神楽を多重起動したからだろうか。血腥《ちなまぐさ》い吐息《といき》だ。ティリアの方を見る。

「ティリア、どうしていきなり襲い掛かったの？」

「馬車を降りた時から嫌な予感はしていたんだが――」

「もういいです」

「最後まで聞け！」

クロノが言葉を遮って言うと、ティリアは声を荒《あら》らげた。

「いや、だって、嫌な予感がして襲い掛かったんでしょ？」

「ぐぬッ、結果的にはそういうことになるが……」

「結果が分かればいいよ」

クロノは溜息を吐き、女性に向き直った。

「では、改めまして。エラキス侯爵領の領主クロノ・クロフォードです」

「ワシは『――』じゃ」

「すみません。聞き取れなかったのでもう一回お願いします」

クロノがお願いしたその時、ザッという音が響いた。肩越しに背後を見ると、ティリア、フェイ、リオ、エリルの四人が片膝《かたひざ》を突《つ》いていた。

「なんで、片膝を突いてるの？」

「お前も跪《ひざまず》け！　この女、いや、この方は神人だ」

「神人？」

ティリアが低く押《お》し殺したような声で言うが、クロノは言葉の意味が分からずに首を傾げた。まあ、ティリア――一国の皇女が跪かねばならない相手ということは分かるが。リオが片膝を突いたままこちらに視線を向ける。

「クロノ、神威術を多用しすぎるとどうなると思う？」

「廃人《はいじん》になるって聞いた覚えがあるけど……」

「間違《まちが》いではないけれど、他にも副作用はあるのさ。たとえば肉体が欠損するとかね」

「欠損⁉」

思わず声を上げると、リオは苦笑した。

「どうして、そんなことが……」

「神様に聞いておくれと言いたい所だけど、神に喰《く》われるという説があるね」

「神に喰われる……」

「普通《ふつう》は服だけ残して消滅《しょうめつ》するんだけど、極稀《ごくまれ》に恩寵《おんちょう》を賜《たまわ》る者がいるのさ」

「……第十近衛騎士団のナム・コルヌ女男爵《だんしゃく》は不老の恩寵を賜ったとされている」

リオの言葉をエリルが補足《ほそく》する。クロノはしげしげと女性を眺《なが》めた。神様の力を借りた術を使いすぎると廃人になる程度の認識《にんしき》しかなかったのだが、一気にダークファンタジーというか、コズミックホラーめいてきた。

どういう理屈《りくつ》なのだろう？　と内心首を傾《かし》げ、ふとエリルの言葉——魔術式は神威術がベースになっている——を思い出した。魔術式は文字——所謂《いわゆる》、プログラムみたいなものだ。ということはコピー元である神威術、ひいては神もプログラムと呼べるのではないだろうか。ライトノベルに登場する情報生命体みたいなものだ。

では、どうして人間を喰うことができるのか？　これは人間を遺伝子——四つの塩基配列からなる情報生命体と定義すれば説明できる。要はアクセスをしすぎた結果、安全弁的なものが効《き》かなくなり、より沢山《たくさん》の情報を持つ方に呑み込まれたということだ。恩寵というのも老化に関する情報を喰われたか、情報が混ざった結果なのだろう。検証するつもりはないので、そういう理屈で説明できそうというレベルでしかないが。そこで、ある疑問が脳裏を過る。

「恩寵と神人は別物なの？」

「名前が聞こえなかっただろ⁉」

クロノが疑問を口にすると、ティリアが声を荒らげた。

「名前？」

「神の名前は人間に理解できない。だから、純白にして秩序《ちつじょ》を司《つかさど》る神や漆黒にして混沌《こんとん》を司る女神《めがみ》など仮の名で呼ばれている」

鸚鵡返しに呟くと、エリルが説明してくれた。焦《あせ》っているのか、いつもよりスピーディーな話し方だ。

「だから、跪け！」

「跪けと言われても……」

ティリアが叫ぶが、いきなり襲い掛かっておきながら神人と分かったら跪くというのも失礼な気がする。では、どんな態度を取ればいいのか。女性に向き直る。すると、女性は面白がるような表情を浮かべていた。クロノがどんな対応をするのか楽しみで仕方がないという表情だ。期待されているようだ。異世界からやって来た人間として期待に応えねば

という気になる。

クロノは改めて女性を見つめた。外見は人間そのものだ。まあ、神様ぶりたいのなら神様っぽい態度を取るだろうし、普通の人間として扱《あつか》っていいんじゃないかなという気がする。がっかりさせてしまう可能性は高いが、こちらから襲い掛かっても防戦に徹《てっ》してくれるお人好《ひとよ》しだ。殺されることはないだろう。

「申し訳ないです。僕《ぼく》には貴方の名前を聞き取れないみたいです」

「そのようじゃな。お主はちょっと毛色が違うから聞こえると思ったんじゃが」

「何て呼べばいいですか？」

ん？　と女性は小首を傾げた。

「名前です。名前がないと不便でしょう？」

「イグニスのヤツはワシのことをババアと呼ぶが……。まあ、よい。好きに呼べ」

「じゃあ――」

「おっぱいに関連した名前は駄目《だめ》じゃぞ？」

「心を読んだ？」

「それだけおっぱいを見てたら阿呆《あほ》でも分かるわい」

「そうですか」

クロノはしょんぼりと呟いた。自分では見ているつもりなどなかったのだが、やはり男女の感覚は違うようだ。おっぱいの件はさておき、好きに呼べと言われても困る。ふと養母のことを思い出したが、流石《さすが》に気が咎《とが》める。

「じゃあ、神官さんで」

「神官さんか。やけに可憐《かれん》な名前じゃな」

「可憐どころか事務的って感じがしますけど？」

「長いこと大神官なんてやっとると色々あるんじゃよ」

「漆黒神殿の神官じゃなくて大神官だったんですね。それで、今後のご予定は？　神聖アルゴ王国に戻《もど》るにしてもハシェルで休んでからの方がいいと思いますが……」

「そうじゃな～」

女性——神官さんは胸を強調するように腕を組んだ。大神官のくせに実にけしからんおっぱいだ。本当にけしからん。

「何も言わずに出て来てしまったのでな。しばらく厄介になるとするかの」

「それなら早く帰った方がいいのでは？」

「それじゃと嫌《いや》みを言われるしな」

「嫌みを言われるんですか」

うむ、と神官さんは頷いた。現人神《あらひとがみ》のように扱われているかと思ったが、神聖アルゴ王国の漆黒神殿はどうなっているのだろうと思わないでもない。

「じゃあ、移動を――」

「『クロノ様ッ！』」

視線を巡らせたその時、アリデッドとデネブが飛び付いてきた。天枢神楽を多重起動した後だからか支えきれずに尻餅をついてしまう。

「姫様が乱心して超怖《ちようこわ》かったし！　いきなり神威術ぶっ放すなんて何事みたいなッ！」

「クロノ様が来てくれてよかったし！　やっぱり、頼《たよ》れるのはクロノ様だけだしッ！」

「二人とも落ち着いて」

クロノは涙目のアリデッドとデネブを宥《なだ》めた。ちなみにティリアはといえばバツが悪そうに顔を背《そむ》けている。

「親征の時に会ったエルフは？」

「ちゃんと守ったから安心して欲しいし」

「あたしらの後ろをご覧下さいみたいな」

二人の後ろ――というには離れすぎていたが――に視線を向けると、左耳が半ばから断《た》たれたエルフの男が立っていた。アリデッド、デネブ、と小さく呟く。二人が立ち上がり、クロノは二人の手を借りて立ち上がった。エルフの男に歩み寄る。だが、決断まで時間が掛《か》かったからか彼《かれ》は俯いている。

「クロノ・クロフォードです。改めてよろしく」

「ディノだ。世話になる」

クロノが声を掛けると、エルフの男――ディノはごにょごにょと言った。

第三章『運命』

帝国暦《ていこくれき》四三二年五月 中旬《ちゅうじゅん》 朝――どっこいしょ、とシオンはソファに腰《こし》を下ろした。救《きゅう》貧院《ひんいん》の執務《しつむ》室《しつ》にあるソファだ。ティーポットを手に取り、香茶をカップに注ぐ。湯気と共に芳醇《ほうじゅん》な香りが立ち上る。リラックス効果のあるハーブをブレンドしているからか、緊張《きんちょう》が解《ほぐ》れるような気がする。ともすれば自分が想像していたよりも緊張していたことに気付かされる。理由は分かっている。

先日、救貧院で五十人の難民を受け入れた。当日はてんてこ舞《ま》いだったが、これについて思う所はない。問題は五十人の難民が神聖アルゴ王国――神殿《しんでん》の迫害から逃れてきたということだ。ケフェウス帝国と神聖アルゴ王国の神殿は別組織だが、『同じ神を信仰《しんこう》してますが、中身は違うんですよ』と説明して『ああ、そうなんですね』と納得《なっとく》してもらえるかといえばまず無理だ。当然、相手はこちらに対して身構えるし、こちらも相手が身構えているので身構えてしまう。だからこその緊張だ。

シオンは両手でカップを包むように持ち上げると口に運んだ。すぐに口は付けない。香りを堪能《たんのう》した後で口を付ける。香茶を飲み、ホッと息を吐《は》く。至福の一時だが——。

「神官長様《しんかんちょう》、婆臭《ばばくさ》い」

「婆⁉」

その一言で台無しになってしまった。ハッとして正面を見る。すると、正面のソファに二人の女性神官——グラネットとプラムが座《すわ》っていた。グラネットはだらしなく体を傾げて、プラムはお行儀《ぎょうぎ》良く座って香茶を飲んでいる。ちなみに『婆臭い』と言ったのはグラネットだ。

「グラネットさん、口が過ぎます」

「悪かったわよ」

プラムが舌っ足らずな口調で窘《たしな》めると、グラネットは拗《す》ねたように唇《くちびる》を尖《とが》らせた。

「でも、まあ、辛気《しんき》臭《くさ》い婆臭い方がマシね」

「グラネットさん！」

「あ～、はいはい、私が悪い私が悪い。空が青いのも、太陽が西に沈《しず》むのもぜ～んぶ私のせい私のせい」

「そこまで言ってませんけど……」

グラネットが投げやりな口調で言うと、プラムはごにょごにょと言った。グラネットにはこういう所がある。人前では丁寧《ていねい》な話し方をするし、シオンを立ててくれる。だが、三人になると途端《とたん》に砕《くだ》けた態度を取るのだ。それにしても――。

「そんなに辛気臭い顔をしてましたか？」

「プラム、代わりに答えて」

「ふぇ⁉」

グラネットに尋《たず》ねるが、彼女《かのじょ》はプラムに丸投げした。丸投げされるとは思わなかったのだろう。プラムが可愛《かわい》らしい声を上げる。グラネットはカップをテーブルに置き――。

「『ふぇ⁉』じゃねーわよ！　このぶりっ子がッ！」

「ふぇ～！　止めて下さいぃぃッ！」

プラムに抱きつき、指でお腹《なか》を突《つつ》き回す。

「よいではないか、よい――」

「止めろッ！」

「あ、はい……」

プラムが強烈《きょうれつ》な一言を放ち、グラネットは居住まいを正した。沈黙《ちんもく》が舞い降《お》りる。気まずい沈黙だ。年長者として、神官長として何か言わねばと思うが、気の利いた言葉は出てこない。

「ここ最近、神官長様は思《おも》い詰《つ》めた顔をしてました」

「え？　何のことですか？」

唐突《とうとつ》にプラムがそんなことを言い、シオンは聞き返した。すると、プラムは不満そうに頬《ほお》を膨《ふく》らませた。

「グラネットさんに辛気臭い顔をしてたか聞いたじゃないですか」

「あ、そうでしたね」

シオンは頭を掻《か》いた。『止めろッ！』のインパクトが強くて頭から吹き飛んでいた。グラネットが口を開く。

「神官長様が悩《なや》んでるのってクロノ様に神聖アルゴ王国に一緒《いっしょ》に来てくれって言われた件でしょ？　どの道、行くしかないんだからとっとと返事をしちゃえばいいのに」

え？　と思わず聞き返す。すると、グラネットとプラムは顔を見合わせた。グラネットが深々と溜息《ためいき》を吐《つ》く。

「クロノ様は大口のお客さんだから――」

「クロノ様は善意で寄付を……、何でもありません」

グラネットに呆《あき》れたような目で見られ、シオンは肩《かた》を窄《すぼ》めた。もちろん、シオンにだってクロノが善意の寄付者でないことくらい分かっている。それでも、神殿の関係者として寄付者をお客さん呼ばわりするのは気が咎めたのだ。

「話の腰を折られちゃったから端的《たんてき》に言うけど、クロノ様がその気になれば神官長を神聖アルゴ王国に連れていくなんて訳ないわよ」

「それは、まあ、今の私は神威術《しんいじゅつ》も使えないですし、連れていくことくらい……」

「そうじゃなく」

シオンがごにょごにょと言うと、グラネットは手を左右に振《ふ》った。

「お金を積めば――というか、もう根回しを終えてると思うけど、とにかくお金を積めばうちの上層部は大抵《たいてい》のお願いを聞いてくれるって話」

「そんな！　神殿は――」

「シャラップ！」

グラネットがぴしゃりと言い、シオンはびくっとしてしまった。

「神官長様、神官のお仕事は何だと思います？」

「皆で大地の恵《めぐ》みを分かち合えるように農業技術を伝播《でんぱ》し、恵まれない方々に食料を分け与《あた》えることです」

「ブーッ！　違いま～すッ！」

シオンが胸に手を当てて言うと、グラネットは胸の前で両腕を交差させた。

「え⁉　何処《どこ》が違うんですか？」

「帝都《ていと》の本神殿じゃそう教えてるけど、本当の仕事は……」

「本当の仕事は？」

「ずばりッ！　お金を集めることよッ！」

シオンが鸚鵡《おうむ》返しに呟くと、グラネットは拳《こぶし》を握《にぎ》り締《し》めて言った。プラムに視線を向ける。すると、彼女はそっと体の向きを変えた。これはグラネットが正しいという意味だろうか。いやしくも神に仕える者がそれでいいのかと思う。だが――。

「神官は上納金を納めて初めてちゃんとした扱いを受けられるものなの」

「はい……」

シオンはグラネットの言葉をしょんぼりと聞くことしかできない。寄付金のお陰で神官としてちゃんとした扱いを受けられるようになったのだ。そんな自分が何を言ってもグラネットの心に響くはずがない。

「まあ、そういう訳だから神官長様はクロノ様の申し出を受けた方がいいと思うのよ」

「お金のためですか？」

「ん～、まあ、そうねぇ。寄付金のためにクロノ様の心証をよくしたい訳だから、やっぱりお金のためよね」

揶揄《やゆ》したつもりだったのだが、グラネットは何処吹《どこふ》く風《かぜ》だ。プラムが身を乗り出し、テーブルを叩《たた》く。何事かと彼女を見る。

「神官長様、グラネットさんの言い分は極端《きょくたん》にしてもお金を集めるのは重要な仕事です」

「でも、神官なら――」

「農業技術の開発にはとにかくお金が掛かるんです」

「そう、ですね」

プラムに言葉を遮《さえぎ》られ、シオンはしょんぼりと俯いた。死んだ父のことを思い出す。父はビートの品種改良に人生を捧《ささ》げた。品種改良にはそれだけの労力が必要なのだ。ましてや農業技術ともなれば尚更《なおさら》だ。それだけの労力を費《つい》やして得た技術を無償《むしょう》で教える方がおかしい。そう、理屈では分かっている。

「でも、上層部が寄付金次第《しだい》で大抵のお願いを聞いてくれるのなら、どうしてクロノ様は私に選ばせようとするんでしょう？」

「「……」」

シオンが疑問を口にすると、グラネットとプラムは無言で顔を見合わせた。今度もグラネットが口を開く。

「それは、まあ、そのままの意味で神官長様に自分で選んで欲しかったんじゃゃ？」

「どうしてですか？」

「どうしてって……」

う〜ん、とグラネットは唸《うな》った。しばらくしてポンと手を打ち鳴らす。

「神官長様はこれからクロノ様とデートでしたよね？　しかも、お泊《と》まりで」

「デ、デートじゃありません！　ディノさん達《たち》が将来的には畑作をやりたいって言うから開拓村《かいたくむら》のハッツさん達によろしくってお願いしに行くんですッ！　それに、お泊まりと言っても場合によっては泊まりがけになるというだけで……」

「うひぃぃぃッ、初々《ういうい》しい反応ッ！」

グラネットが体を掻きながら言う。

「ところで、男性経験は？」

「ありません！」

「いいな〜って思った人は？」

「いません！」

うわ〜、とグラネットは体を引いた。どういう意味だろう。もしかして、引かれているのだろうか。結婚《けっこん》しているのならともかく未婚《みこん》で処女なのだから引かれる道理はないと思うのだが——。

「デートの時に直接聞けばいいんじゃない？」

「だから、デートじゃないです」

「ついでに告白してバシッと決めてきちゃって下さい」

「ついで⁉　ついでで告白するんですかッ？」

思わず声を張り上げる。すると、グラネットが身を乗り出した。

「神官長様はクロノ様のことがお嫌《きら》い？」

「い、いえ、嫌いじゃないです。嫌いじゃないいんですけど、色々と恥《は》ずかしい所をお見せしているので……」

シオンはごにょごにょと呟いた。ハッとして頭《かぶり》を振る。いけない。クロノのことを好きという前提で話を進めていた。

「告白はしません。大体、どうして焚《た》き付けるような真似《まね》を……。まさか？」

「いえいえ、そりゃ、神官長様がクロノ様の愛人に収まってくれれば寄付金の心配をしなくていいな～という下心はありますよ、当然」

「当然なんですか」

「けど、それ以上にこのままじゃ神官長様はずっと独身だなって」

「どうして、そんなことを言うんですか？　私にだって素敵《すてき》な殿方《とのがた》が現れるかも知れないじゃないですか」

「無理でしょ」

「無理⁉」

グラネットの言葉にシオンは鈍器《どんき》でぶん殴《なぐ》られたような衝撃を覚えた。

「神官長様、神官はどうやって結婚すると思いますか？」

「もう、答えだけ先に言って下さい」

「上役が世話をしてくれるんですよ」

「そんな話、一度も来たことがありませんけど？」

「いや、それは……、ここの神殿が沢山寄付してもらえるようになったのって最近だし、前のエラキス侯爵はずっと寄付してくれなかったし……」

グラネットは顔を背け、ごにょごにょと呟いた。どうやら上役が結婚相手を世話してくれなかったのは寄付金が原因だったようだ。

「でも、今は沢山寄付してもらってますよ？」

「無理かな～」

「またそんなことを……」

グラネットが眉根《まゆね》を寄せて言い、シオンは呻いた。

「なんで、無理なんですか？」

「寄付してくれるのがクロノ様なのが問題で……」

「クロノ様は好《い》い人ですよ？」

「それは私も分かってるけど、クロノ様は女好きで有名だし、上の人達はクロノ様と神官長様ができてると思ってるんじゃ──」

「ないです！　全然できてないですッ！」

「いや、上の人達はそう思ってるんじゃないかって話」

シオンが両手を左右に振って言うと、グラネットは困ったように笑った。

「だから、神官長様には初めから選択肢《せんたくし》がないの」

「いえ、でも、私なんかが……」

シオンはごにょごにょと言って俯《うつむ》いた。

「そういう訳だからバシッと告白しちゃって」

「バシッと告白って……、どうすれば……」

「そんなの簡単よ。バシッと目を見つめて、『好きです、愛してます』って言えば男なんてすぐにその気になるわ」

「すぐその気に……」

シオンはごくりと生唾《なまつば》を呑み込んだ。すぐその気になるとは子種を仕込《しこ》もうとするという意味だろうか。具体的な内容を教えてもらおうと口を開いたその時、扉《とびら》を叩く音が響《ひび》いた。突然の出来事にびくっとしてしまう。

「どうぞ！」

「……失礼します」

グラネットが声を張り上げると、女性職員が扉を開けた。

「どうかしたんですか？」

「食料の件でピクス商会の方がいらっしゃいました」

「すぐ行きます」

そう言って、シオンは立ち上がった。

※

「神官長様、行ってらっしゃいませ」

「行ってらっしゃい」

「行ってきます」

グラネットとプラムに見送られてシオンは救貧院を出た。グラネットは通り道なんだから迎《むか》えに来てもらえばいいのにと言っていたが、下手に甘《あま》えるとクロノが遠慮《えんりょ》しなくなりそうで怖《こわ》い。それに、ハシェルの街を歩くのは嫌いじゃない。時々、救貧院の退院者がぺこりと頭を下げてくれるのも嬉《うれ》しい。

軽い足取りで救貧院のある居住区を抜け、露《ろ》店《てん》の立ち並ぶ広場に出る。シオンが露店でビートを売っていた頃《ころ》よりも店の数が増え、それに比例するかのように店で扱う商品の種類も増えている。ちょっとだけ昔を懐《なつ》かしく思いながら歩いていると——。

「そこの娘《むすめ》……」

声を掛けられた。声のした方を見る。すると、露出度《ろしゅつど》の高いドレスに身を包んだ女性が木箱《きばこ》に座って手招きをしていた。神聖アルゴ王国にある漆黒神殿《しっこくしんでん》の大神官を名乗る女性でクロノに神官さんと呼ばれていた。素性《すじょう》からして怪《あや》しいが、『漆黒神殿・エラキス侯爵領出張所』、『人生相談・銀貨一枚ポッキリ』という看板を設置するセンスもすごい。ここはスルー、スルーすべき。ぺこりと頭を下げ、先を急ぐ。ややあって、足音が響き、神官さんが正面に回り込んできた。

「なんで、スルーするんじゃ？」

「急いでますので……」

「いや、それは急いでるって態度じゃないじゃろ？　関わりたくないって態度じゃろ？　傷付くのぅ、傷付くのぅ。ワシの心はズタボロじゃ」

「お大事に」

「いやいや、そこは『そんなつもりは……』とか言う所じゃろ？　なんだかんだと、ワシの店に来て、話《はな》し込《こ》む所じゃろ？」

脇《わき》を通り抜けようとするが、神官さんに行く手を遮られる。やはり、神聖アルゴ王国の神官はおかしい人ばかりだ。スルーすべきという気持ちが強くなる。だが、その方法が分からない。小さく溜息を吐く。

「少しだけですよ？」

「うむ、素直《すなお》で結構なことじゃな。ささ、こっちじゃ」

神官さんの露店に向かう。今なら逃《に》げられそうだが、追いかけてきそうで怖い。神官さんは木箱に腰を下ろすと、手の平で対面の木箱を指し示した。座れということだろう。シオンは会釈《えしやく》して木箱に腰を下ろした。

「お主、悩みがあるな？」

「それは神官さんの方では？」

「そうなんじゃよ！」

シオンが問い返すと、神官さんは身を乗り出して言った。

「ワシが人生相談に乗ってやろうというのに誰も来ん。ぶっちゃけ、隣《となり》の怪しげな占い師《うらなし》の方がよっぽど儲《もう》かっとる」

「そういうことは口にしない方が……」

シオンは神官さんを窘め、隣の露店に視線を向けた。ひぃッ、と思わず悲鳴を上げそうになる。ローブを着た占い師がこちらを睨《にら》んでいたからだ。

「ぶっちゃけ、ワシは人生経験の塊《かたまり》じゃし、怪しげな占い師よりよっぽど稼《かせ》げると思ったんじゃが……、世の中は上手《うま》くいかんの～」

神官さんがぼやくように言うと、ふッという音が響いた。占い師が鼻で笑ったのだ。神官さんが視線を向けるが、その時には営業用の——何処となく神秘的に見える微笑《びしょう》を浮《う》かべている。神官さんは小首を傾《かし》げ、シオンに向き直った。

「どうすれば金を稼げるんかのぅ」

「地道に働くしかないと思います。よければ仕事を紹介《しょうかい》しますよ？」

「ありがたいが、遠慮させてもらう」

「そうですか」

やはり、腐《くさ》っても神聖アルゴ王国の大神官。ケフェウス帝国《ていこく》の神官の助けを借りるつもりはないということか。

「ワシは働きとうない。働いたら負けかなとさえ思っとる」

「そんな恥ずかしいことを仰らないで下さい」

「何が恥ずかしいんじゃ？」

「その考え方がです。『働かざる者、食うべからず』です」

「うぉぉッ、恐《おそ》ろしい。なんと恐ろしい言葉じゃ。働けない者を切り捨てるなんて」

「そんなことは言ってません」

シオンはぴしゃりと言った。救貧院の院長になんてことを言うのだろう。誤解されたらどうするというのか。そこであることに気付く。

「クロノ様の所でお世話になっていたんじゃないんですか？」

「今も世話になっとるぞ。じゃが、家賃を請求《せいきゅう》されてな」

「家賃を……」

神官さんが神妙《しんみょう》な面持《おもも》ちで言い、シオンは鸚鵡返しに呟《つぶや》いた。

「一日中、飲んだくれておったら働けと言われた。ワシ、ディノ達を守りながら神聖アルゴ王国からやって来たのにひどくない？」

「十分、優《やさ》しいと思います」

「お主までそんなことを……。あ～、嫌じゃ嫌じゃ。神に仕える者同士、共感できると思ったのに。分かり合えるなんて幻想《げんそう》じゃな」

神官さんはふて腐れたように言った。突然《とつぜん》、居住まいを正す。

「それで、悩みはないんか？」

「他人に構う前に自分の生活を成り立たせるべきでは？」

「辛辣《しんらつ》！　じゃが、ワシはめげん。それで、悩みはないんか？」

「………実は神威術が使えなくなってしまって」

シオンはかなり間を置いて悩みを打ち明けた。この人に相談して大丈夫《だいじょうぶ》かな～という思いはあるが、所属する組織は違《ちが》えど大神官だ。神威術を取り戻す切っ掛けを与えてくれるのではないかという期待があった。

「なんじゃ、そんなことか」

「そんなこと⁉」

神官さんが溜息交じりに言い、シオンは思わず声を荒らげた。

「私がどれだけ――」

「まあ、落ち着け」

立ち上がり、詰め寄ろうとする。だが、神官さんは落ち着き払《はら》った態度で手の平を向けてきた。座れと言うように手の平を下に向ける。シオンは木箱に腰を下ろした。相談するべきではなかったと後悔《こうかい》の念が湧《わ》き上がる。

「色恋《いろこい》の悩みだと思ったんじゃがな～」

「そんなことをしている余裕《よゆう》はありません」

「そんなことって人の営みじゃぞ？　そもそも、黄土《おうど》にして豊穣《ほうじょう》を司る母神《ぼしん》は多産も司っとる訳じゃし、色恋を軽《かろ》んじるのはよくないと思うんじゃが……」

ぐッ、とシオンは呻《うめ》いた。まさか、諭《さと》されるとは思わなかった。

「だが、まあ、お主が神威術を使えなくなって悩んどるのは分かった。その上でなんじゃが、やっぱりワシはそんなに悩むことなんかと思う」

「神威術を使えなくなったんですよ？」

「神威術を使えないことの何が問題なんじゃ？　ケフェウス帝国のことはよく分からんが、神威術の使えない神官なんぞ山ほどいるぞ」

「それは……、信仰が揺《ゆ》らいでしまいそうで」

シオンはごにょごにょと答えた。信仰、そう信仰だ。神威術を使えた時は報《むく》われなくても神様は見ていて下さるのだからと前を向くことができた。だが、神威術を失ってからは苦しみの連続だ。何が正しいのかさえも分からない。泥《どろ》の中で藻掻《もが》いているような日々だった。神官さんが木箱の上で胡座《あぐら》を組む。

「それの何処が悪いんじゃ？」

「何処がって……」

「信仰──見えないものを信じるというのはな、難しいもんなんじゃ。だからこそ、信仰を貫《つらぬ》くことは尊いとされる。というか、神威術を使えるから信仰を保てるというのがそもそも間違《まちが》っとらんか？」

「──ッ！」

シオンは頭をぶん殴られたような衝撃《しょうげき》を覚えた。神官さんが太股《ふともも》を支えに頬杖《ほおづえ》を突《つ》く。

「ワシにはお主がどんな人生を歩んできたか分からんが、神威術を失い、迷い惑《まど》いながらも信仰を貫こうとしているのならばそこには意味と価値があるはずじゃ。というか迷い惑いながら歩んできた道に意味と価値があると言い張るのが信仰なのかも知れんな」

「はい……」

シオンは静かに頷《うなず》いた。自分の信仰に意味と価値があると言ってくれたお陰《かげ》か、心が軽くなったような気がする。神官さんが手を差し出し、シオンは首を傾げた。

「相談料銀貨一枚じゃ」

「え!?　お金を取るんですか？」

「看板に銀貨一枚ポッキリって書いてあるじゃろ！」

「そうですけど、サービスだと……」

「そんな訳あるか」

ふん、と神官さんが鼻を鳴らし、シオンは財布《さいふ》を取り出した。銀貨を差し出す。

「どうぞ」

「毎度ありじゃ」

神官さんに銀貨を渡《わた》し、シオンは立ち上がった。ガラガラという音が響く。振り返ると、クロノの乗った荷馬車が止まる所だった。周囲にはレイラ達——騎兵隊《きへいたい》の姿もある。どうやら迎えに来させてしまったようだ。シオンは荷馬車に歩み寄り、頭を下げた。

「すみません。わざわざ迎えに来て頂いて」

「ちょっと心配だったから」

そう言って、クロノは困ったような笑《え》みを浮かべた。体を傾《かたむ》け、シオンの背後を見る。

「神官さんに絡《から》まれてたんだ」

「はい……」

「その言い草はひどすぎやせんかの⁉」

背後から神官さんの声が響く。だが、クロノはあまり気にしていないようだ。

「じゃあ、行こうか？」

「はい……」

　クロノの言葉にシオンは頷いた。

※

　昼過ぎ――シオン達を乗せた荷馬車は海沿いの道を進む。日差しは暖かく、海風が心地《ここち》よい。荷馬車の振動《しんどう》も相俟《あいま》って、うとうとしてしまう。不意に体が軽くなり、シオンはびくっと体を震《ふる》わせた。視線を巡《めぐ》らせると、クロノが心配そうにこちらを見ていた。

「大分、疲《つか》れてるみたいだね。やっぱり、ディノ達の件？」

「いえ……、あ、はい、少し影響《えいきょう》していると思います」

「ディノ達はどう？」

「悪い人達ではないと思います。反抗的《はんこうてき》という訳ではないですし、先日報告した通り自活しようとする意思がありますから。ただ、神殿の人間ということもあってまだ信用されていないみたいで……、それでついつい身構えてしまって……」

「ああ、相手に警戒《けいかい》されてると、こっちも身構えちゃうよね」

「そうです、そうです」

やや言葉足らずだったが、クロノは理解してくれたようだ。それが嬉しくて、子どもっぽいかなと思いながら何度も頷いてしまう。

「シルバートンまでもう少し掛かるから寝《ね》てていいよ」

「いえ、大丈夫です」

「そう……。でも、無理はしないでね？」

はい、とシオンは頷いた。ややあって、クロノが口を開く。

「そういえば神官さんと何を話してたの？」

「えっと、その、信仰についての話を……」

「神官さんって、そんな真面目な話もするんだ」

え⁉ と思わず声を上げる。クロノはきょとんとしている。どうして、シオンが声を上げたのか分からないという顔だ。

「クロノ様は神官さんとどんな話をしてるんですか？」

「偶《たま》に真面目な話もするけど、今日はこんなことがあったとか、あんなことがあったとか世間話みたいなのが多いよ。あと、お酒を飲みすぎって説教することもある」

ははは、とシオンは笑った。クロノが優しげな笑みを浮かべる。

「どうかしたんですか?」

「シオンさんが声を上げて笑うなんて珍《めずら》しいなって」

「そう、ですか」

ちょっとだけ照れ臭《くさ》くなって髪《かみ》に触《ふ》れる。

「神官さんのお陰かな?」

「それはあると思います。話して少しだけ気持ちが楽になりましたから」

銀貨一枚取られましたけど、と心の中で付け加える。だが、今にして思えば銀貨一枚分以上の価値はあったのではないかと思う。

「クロノ様は信仰についてどう思いますか?」

「なかなかすごい話題を振ってくるね」

「す、すみません」

クロノが苦笑《くしょう》し、シオンは肩を窄めた。確かにいきなり信仰に関する話題を振るのは間違いだったかなと思う。

「正直、僕《ぼく》はあまり信心深い方じゃないんだよね。ああ、信心深い方じゃないって言ってもお墓参りには行くし、死者の冥福《めいふく》を祈《いの》ったりもするけど。何というか、特定の宗教や宗派には傾倒《けいとう》してない感じかな?」

シオンは小さく頷いた。今一つ理解できないが、クロノの父親は傭兵《ようへい》だったと聞く。傭兵風の死生観みたいなものを受け継《つ》いでいると考えると納得できるような気がした。信仰か～、とクロノは思案するように腕《うで》を組む。

「世間話くらいの感覚だったのであまり深刻に考えなくても……」

「そういう訳にも……」

う～ん、とクロノはしばらく唸っていたが、考えが纏《まと》まったのか口を開いた。

「前に知り合いから誇《ほこ》りの本質は自己犠牲《ぎせい》って話を聞いたことがあって」

「自己犠牲ですか？」

「うん、まあ、要するに、理想の自分になるには自己犠牲——命が懸《か》かっている状況《じょうきょう》でも逃げちゃいけないみたいな制約が付き纏うって意味だと思う」

シオンが鸚鵡返しに尋ねると、クロノは首を傾《かし》げながら答えた。ああ、と声を上げる。

「あと、昔見たテレ——じゃなくて、本に心に神を抱《いだ》くとか、宿すって表現があって」

「はい……」

「それも理想と似たようなものなんじゃないかなとか思ったり」

「……」

シオンは答えられない。神とは天高く——あるいは人間の触れられない領域に存在するものではないかと思う。

「つまり、自分との対話というか。神様を通して自分と対話するというか。そういう過程を経るから心に神を抱くっていう表現になるのかな～って。うん、まあ、信仰は自分だけの神様を創造してそれに殉《じゅん》じることなのかもね」

「自分だけの神様ですか」

シオンは自分の胸に触れた。神官として、かつて神威術士だったものとして否定すべきだと思う。だが、何故《なぜ》だろう。クロノの言葉に惹《ひ》かれるものがあった。もっとクロノと話したい。そう考えた次の瞬間《しゅんかん》、突き上げるような衝撃がシオンを襲《おそ》った。荷馬車が石に乗り上げたのだろう。クロノの方に投げ出される。そして、再び衝撃。クロノが抱《だ》き止《と》めてくれたのだ。顔を上げると、クロノが微笑《ほほえ》んだ。

「大丈夫？」

「は、はい、だ、だだ、大丈夫です！」

シオンは慌《あわ》ててクロノから離《はな》れた。さっきまで真面目な話をしていたはずなのに思い出すのはグラネットの言葉だ。脳内グラネットが囃《はや》し立て、同じく脳内神官さんがそれを後《あと》押《お》ししている。私は……、とシオンは両手で頬を押《お》さえた。

※

荷馬車が海沿いの道を進む。日差しは暖かく、海風は程よく体を冷やしてくれる。道沿いには植物が青々と茂《しげ》り、時折、可愛らしい花が姿を見せる。ふと視線を上げれば海が何処までも続いている。風光明媚《ふうこうめいび》とはまさにこのことだ。しかし、シオンには風景を楽しむ余裕がなかった。にへら～と相好を崩《くず》したその時、神官服の袖《そで》が目に留《と》まった。袖がほつれていなかった。意識の大半を隣にいるクロノに奪《うば》われている。ロマンティックが止まる。それで現実に引き戻《もど》された。自分のように見窄《みすぼ》らしい女が相手にされる訳がない。ロマンティックが止まり、暗澹《あんたん》たる気分が湧き上がってくる。

突然、カンカンという音が響く。肩越《かたご》しに背後を見ると、建物が見えた。いつの間にかシルバートンに辿《たど》り着いていたようだ。改築でもしているのかと視線を巡らせるが、道沿いの建物は記憶《きおく》にあるそれと変わらない。音は建物の向こうから響いていた。

「最近はちょっと落ち着いてたんだけど、また新しい建物が建ち始めたみたい」

「そうなんですか」

うん、とクロノは頷いた。ややあって——。

「シルバートンの街は書き割りみたいだったからさ。これで街に厚みができるよ」

「確かにクロノ様の仰《おっしゃ》る通りですね」

シオンはくすッと笑った。シナー貿易組合一号店の前を通り過ぎる。お酒を提供するお店だからかまだ営業していないようだ。ふとドレスを着せてもらったことを思い出す。ああいう格好をしたら相手にしてもらえるのかな～と溜息を吐《つ》く。

シルバートンを通り過ぎ、静寂《せいじゃく》が舞《ま》い降りる。進行方向に視線を向けると、開拓村が見えた。村の正面にはミノタウロス達の住む家が建ち並び、さらにその奥《おく》には麦畑が、さらにさらにその奥には麦畑の倍はあろうかという農地が広がっている。もっとも、まだ作物を育てていないので広大な更地《さらち》といった風情《ふぜい》だが——。

ガクン、と荷馬車が揺れる。停車するためにスピードを落としたのだ。荷馬車は徐々《じょじょ》にスピードを落とし、開拓村の手前で止まった。クロノが立ち上がると、レイラが馬から下りて駆《か》け寄ってきた。クロノに手を差し出す。

「クロノ様、どうぞ」

「そんなに心配しなくていいのに」

「万が一ということがありますから」

「ありがとう」

クロノは礼を言って、レイラの手に触れた。荷台から飛び降りる。クロノが危なげなく着地し、レイラがこちらに手を伸《の》ばす。手を取るべきか迷ったが、シオンはレイラの手を取り、荷台から飛び降りた。着地の衝撃でバランスが崩れる。だが、レイラが手を引いてくれたお陰で転ばずに済んだ。

「ありがとうございます」

「いえ……」

シオンが礼を言うと、レイラは言葉少なに応じた。手を放して騎兵《きへい》に視線を向ける。

「先に代官所で休憩《きゆうけい》していて下さい」

「荷馬車はどうしますか?」

レイラが命令を下すと、騎兵の一人が問いかけてきた。レイラは押し黙《だま》り、クロノに視線を向ける。

「代官所まで歩くから連れて行っていいよ」

「承知いたしました」

クロノの言葉にレイラは頷き、再び部下に視線を向けた。

「では、私の馬と荷馬車を連れて代官所へ」

「了解《りようかい》です」

レイラが指示を出すと、騎兵はレイラの馬と距離《きょり》を詰《つ》めた。手綱《たづな》を手に取り、代官所に向かう。ややあって、他の騎兵と荷馬車がその後に続く。クロノが開拓村を見る。

「来るたびに農地が広くなってるね」

「ハツさん達が頑張《がんば》っていますから」

クロノが小さく呟き、シオンは胸を張った。これほど原生林を開けたのはハツ達の努力があってこそだ。だが、わずかなりとも自分達も寄与《きよ》していると考えるとちょっとだけ誇らしい気分になる。

「じゃあ、行こうか？」

「承知いたしました」

「は、はい……」

クロノが声を掛《か》けてくる。襲撃《しゅうげき》を警戒してか、レイラが先頭に立ち、シオンはクロノと共にその後に続いた。村を横切り、原生林に向かう。畑ではミノタウロスの女性が雑草を抜《ぬ》き、原生林ではミノタウロスの男性が伐採《ばっさい》を行っている。

「倒《たお》れるぞッ！」

ミノタウロスの男性が大声で叫《さけ》び、大木がゆっくりと傾いていく。大木が周囲の植物を巻き込みながら倒れ、地面が大きく揺れる。何度見ても圧倒《あっとう》される光景だ。こちらに気付いたのだろう。ミノタウロス達が動きを止め、隻眼《せきがん》のミノタウロス——ハツがこちらにやって来る。ハツが立ち止まり、クロノが前に出る。

「お疲れ様《さま》、ハツさん。景気はどう？」

「最近また商人が店を建て始めたんで過去最高収入を更新《こうしん》してやす」

クロノの言葉にハツは歯を剥《む》き出して笑った。

「それはよかった。エレインさんとは上手くやってる？」

「へい、それはもう」

ハツは照れ臭そうに頭を掻《か》いた。ところで、と続ける。

「今日はどんな御用向《ごようむ》きで？」

「実はエルフの難民を保護してね」

へい、とハツが頷く。エルフの難民が自分達とどう関係するのか分からないという顔だ。

「今は救貧院にいるんだけど、将来的には自分達で畑を持ちたいって言っててさ」

「それは分かりやしたが……」

「開拓した畑を寄越《よこ》せなんて言わないから安心して」

ハツが口籠《くちご》もり、クロノは苦笑じみた笑みを浮かべた。ハツがホッと息を吐く。どうやら自分達の畑を取られるのではないかと考えていたようだ。

「将来、開拓村に迎えてもらうことになるから心の準備をしておいてねって言いにきたんだよ。あと諸部族連合《しょぶぞくれんごう》の件も……」

「諸部族連合の件はケイン様から聞いてやすが？」

「そうなんだけど、まあ、気持ち的に……」

クロノはごにょごにょと言い、改めてハツを見つめた。

「自分達の生活もあって大変だと思うけど、よろしくね」

「分かりやした。エルフの難民の件については俺《おれ》から皆《みんな》に話しておきやす。けど、大丈夫なんですかい？」

「基本的にはハツさん達と同条件でって考えてるんだけど、ハツさん達並のスピードで開拓ができるかって言うとね」

クロノがぼりぼりと頭を掻く。二人の言いたいことは分かる。ディノ達が自活できるようになるまでに税金の免除《めんじょ》期間が終わってしまうこと、ひいては困窮《こんきゅう》することを心配しているのだ。

「エルフの難民だけを優遇《ゆうぐう》する訳にはいかないからね。何か手を考えるよ」

「俺もその方がいいと思いやす。話は変わりやすが、この後の予定は？」

「代官所に顔を出して、その後は傭兵ギルドやシナー貿易組合、行商人組合《ぎょうしょうにんくみあい》で仕事の打ち合わせって感じかな」

「そうですか。時間があるなら自家製の香茶をご馳走《ちそう》したかったんですが……」

「ごめんね」

「いいえ、クロノ様がお忙《いそが》しいのは分かってやすから」

「うん、じゃあ、僕はこれで。邪魔《じゃま》して悪かったね」

「とんでもございやせん。クロノ様ならいつでも大歓迎《だいかんげい》ですぜ」

ハツがぺこりと頭を下げる。クロノは軽く会釈をすると踵《きびす》を返して歩き出した。シオンの前で立ち止まる。

「僕はこれから代官所に行くけど、シオンさんは？」

「私は畑の様子を確認《かくにん》して、その後は少しシルバートンを見て回ろうかと」

「分かった。用事が済んだら代官所に来てね」

「はい……」

シオンが頷くと、クロノは歩き出した。

※

シオンは麦畑の様子を確認すると開拓村《かいたく》を出た。麦は順調に生長している。この分なら無事に収穫《しゅうかく》を迎えられることだろう。喜ばしいことだ。にもかかわらず暗澹《あんたん》たる溜息《ためいき》が出てしまう。暇《ひま》なせいだ。暇があると、ついつい余計なこと――神聖アルゴ王国のことや恋《れん》愛《あい》のことを考えてしまい、気分が暗くなってしまう。再び溜息を吐いたその時――。

「あら、神官長様」

「――ッ！」

突然、声を掛けられ、シオンは息を呑《の》んだ。顔を上げると、エレインが立っていた。背後にはシナー貿易組合もある。いつの間にかシルバートンに辿り着いていたらしい。改めてエレインを見る。初めて出会った時のように地味な装《よそお》いだ。それでも、シオンが着ている神官服の何倍もお金が掛かってそうだ。こういう服を着ればもう少し積極的になれるのかなと溜息を吐く。

「お疲れみたいね。よかったら少し休んでいかない？」

「で、でも……」

「お金のことなら心配いらないわ。営業時間外だし、サービスしてあげる。もちろん、無料という意味よ」

シオンが口籠もると、エレインはくすッと笑った。

「そういうことなら……」

「じゃ、いらっしゃい」

そう言って、エレインは踵を返した。シナー貿易組合の扉を開ける。すると、ドアチャイムの澄《す》んだ音が響いた。店内は薄暗《うすぐら》く、誰《だれ》もいない。

「奥のカウンターでいいわね？」

「は、はい……」

エレインが店の奥にあるカウンターに入り、シオンは一番端《はし》の席に座《すわ》った。

「リクエストはある？」

「お水で……」

シオンが肩《かた》を窄《すぼ》めて言うと、エレインはくすッと笑った。洗練された所作でグラスを手に取り、氷を入れ、水を注ぐ。

「どうぞ」

「あ、ありがとうございます」

エレインがグラスをカウンターに置き、シオンは戸惑《とまど》いながらグラスを手に取った。グラスを口に運び、水を飲む。特別な水なのか生き返るような気分だった。

「美味《おい》しい？」

「はい……」

シオンが小さく頷くと、エレインは小さく微笑んだ。静かに口を開く。

「それで、何に悩《なや》んでるの？」

「い、いえ、悩んでるだなんて……」

咄嗟《とっさ》に否定するが、声が裏返ってしまった。小さく俯く。これでは悩んでいると言っているようなものだ。沈黙《ちんもく》が舞い降《お》りる。息が詰まるような沈黙だ。おずおずと顔を上げると、エレインは相変わらず小さく微笑んでいた。

「実は、その、クロノ様の申し出を受けるか悩んでいて……」

「告白でもされたの？」

「い、いえ！」

「ふふふ、照れちゃって可愛《かわい》いわね」

「……」

シオンは肩を窄めて俯いた。恥《は》ずかしさからか頬《ほお》が熱い。

「告白じゃないとすると、どんな悩みなの？」

「えっと、それは……」

シオンは口籠もった。流石《さすが》に神聖アルゴ王国の件を口にする訳にはいかない。一方でエレインならば的確なアドバイスをしてくれるのではないかという期待もあった。

「えっと、実は、クロノ様からあるお願いをされていて、私はあまり乗り気じゃなくて、でも、クロノ様は無理に私に言うことを聞かせることもできるんです。けど、クロノ様はそうしなくて……」

「その言い方だと、肉体関係を強要されてるように聞こえるわね」

「そうじゃないです！」

「分かってるわよ。冗談《じょうだん》よ、冗談」

エレインが真顔で言い、シオンは突っ込みを入れた。すると、エレインは体を引き、両手を上げて言った。

「クロノ様の申し出を受けるべきか悩んでいる訳ね」

「はい……、どうすればいいんでしょう？」

「私なら申し出を受けちゃうわね」

「え⁉　どうしてですか？」

「クロノ様は無理にでも申し出を受けさせることができるんでしょ？　だったら、受けるしかないじゃない」

「それは、そうですけど……」

シオンは口籠もった。

「申し出を受けられない理由でもあるの？」

「単純に怖いというのもあるんですけど、分からないことだらけで……」

「クロノ様に聞いてみた？　前にも言ったけど、大事なのは行動することよ」

「いえ……」

シオンは俯《うつむ》き、ちらちらとエレインを見た。もっともな意見だと思う。だが、どうしても尻込《しりご》みしてしまうのだ。

「分かったわ。じゃ、私が魔法《まほう》を掛けてあげる」

「魔法ですか？」

「ええ、勇気の出る魔法」

シオンが鸚鵡《おうむ》返しに呟くと、エレインはくすッと笑った。

※

夕方——随分《ずいぶん》、打ち合わせに時間が掛かったな～、とクロノは溜息を吐きながらシルバートンの街を歩く。ちなみにレイラの姿はない。デリンクの件が解決してから日が浅いのでシルバートン周辺の哨戒《しょうかい》に出てもらったのだ。

エレインさんとの打ち合わせも長引くだろうし、やっぱり泊《と》まりがけにしておいてよかった。そんなことを考えながらシナー貿易組合の扉《とびら》を開けると、ドアチャイムの涼《すず》やかな音が響《ひび》いた。営業時間外なのか、客の姿はなく、エレインがカウンターの内側でグラスを磨《みが》いている。

「いらっしゃい。カウンター席にどうぞ」

「打ち合わせに来たんだけど……」

クロノは困惑《こんわく》しながら一番端の席に座った。エレインがくすッと笑う。

「どうかしたんですか？」

「最近、その席に座るお客様が多くてつい笑っちゃったのよ。水でいいかしら？」

「ええ、お願いします」

クロノが頷くと、エレインは洗練された所作でグラスに氷を入れ、水を注いだ。

「どうぞ」

「ありがとうございます」

エレインからグラスを受け取って口に運ぶ。半分ほど飲み干し、息を吐く。傭兵ギルドで香茶をご馳走になったが、それとはまた違った美味《うま》さだ。

「それで、打ち合わせ――」

「実はクロノ様にお願いがあったの。うちの娘《こ》の初めてのお客になってくれないかしら？」

「いや、そういうのは――」

「いらっしゃい！」

　断ろうとしたが、エレインの方が上手だ。あれよあれよという間にうちの娘――恐らく新人の店員――を呼ばれてしまった。コツコツという音が響く。音のした方を見ると、ドレスを着た女性が階段を下りてくる所だった。溜息を吐き、正面に向き直る。

「入ったばかりの新人よ」

「新人って、シオンさんじゃないですか」

　エレインが胸を張って言い、クロノは思わず突っ込《こ》んだ。そう、ドレスを着た女性はシオンだったのだ。それもいつぞやと同じように胸元《むなもと》の大きく開いた露出度《ろしゅつど》の高いドレスを着ている。あの時は事故みたいなものだったが、今回は完全に故意だ。エレインが水の入ったボトルをカウンターに置く。

「み、水をお注ぎします」

「ありが――ッ！」

　シオンがボトルを手に取り、クロノは礼を言おうとして息を呑んだ。すぐ近くにたわわに実った果実があった。まさか、これほどのインパクトがあったとは。その時、ドアチャイムの涼やかな音が響いた。

「あら？　お客様みたい。申し訳ないけれど、二階で待っててくれない？」

「忙しいなら――」

「し、失礼します」

出直すよという言葉をクロノは口にすることができなかった。シオンがグラスに水を注いだのだ。いや、これ自体は問題ない。問題は揺れと距離だ。シオンがグラスに水を注いだ際に胸が揺れたのだ。それもすぐ目の前で。

「待っててくれる？」

「あ〜、うん、お言葉に甘《あま》えようかな？」

「よかった」

クロノがおっぱいの魅力《みりょく》に屈《くつ》して言うと、エレインは嬉《うれ》しそうに手を打ち鳴らした。ちなみにシナー貿易組合一号店はただの飲食店ではない。高級娼館《しょうかん》だ。その二階はそういうことをする部屋だ。そんな部屋にシオンと一緒《いっしょ》に行っていいのかという思いはあるが、悲しいかな。良識はおっぱいの前に無力なのだ。エレインがシオンを見る。

「クロノ様を二階に案内して差し上げて」

「は、はい……」

シオンはおずおずと頷き、手の平でクロノの背後を指し示した。案内するので席を立って欲《ほ》しいということだろうか。クロノはグラスの水を飲み干して立ち上がった。席から離れる。すると――。

「し、失礼します！」

「――ッ！」

シオンがクロノの手を取り、おっぱいを押しつけてきた。

「ど、どうぞ、こちらに」

「……」

シオンが腕を引いて歩き出し、クロノは誘導《ゆうどう》されるままに歩き出す。階段を登り、通路を通り、部屋に入る。視線を巡らせる。部屋はかなり広い。テーブル、ソファ、ベッド、用途《ようと》不明の箱が据《す》え付けられ、部屋の一角はタイル張りでバスタブがある。照明は控《ひか》えめだが、暗いという印象は受けない。それどころか、エロティシズムを感じさせる。不意に腕が軽くなる。シオンがおっぱいを押しつけるのを止めたのだ。用途不明の箱のもとに行き、金属製のバケツや数本のボトル、グラスを取り出す。どうやら箱の正体は冷蔵庫だったようだ。さらにそれらをトレイの上に載《の》せてテーブルに運ぶ。そこで、ハッとしたような表情を浮《う》かべた。手の平でソファを示し――。

「ど、どうぞ！」

やや上擦《うわず》った声で言う。こういう仕事をするのは初めてだろうから仕方がない。クロノは苦笑しながら移動してソファに腰《こし》を下ろした。シオンがソファとテーブルの間に跪《ひざまず》き、辿々《たどたど》しい手付きでグラスにボトルの中身を注ぐ。

「失礼します」

「うん、ありがとう」

シオンがグラスを正面に置き、クロノは礼を言った。グラスを眺《なが》めていると、シオンがソファに座った。不思議そうに首を傾げる。

「飲まないんですか？」

「飲むよ。飲むけど……」

クロノはグラスを手に取り、見下ろした。

「これは何？」

「えっと、エルフの妙薬《みょうやく》というお酒と水、果汁《かじゅう》を混ぜたものです」

「エルフの妙薬？　ああ……」

「ご存じなんですか？」

「まあ、一応……」

「流石、クロノ様です」

クロノが口籠もりながら答えると、シオンは感心したように言った。エルフの妙薬とはアルコールのことだ。アリデッドとデネブが製造方法を売った結果、あちこちで作られるようになった。アルコールを簡単に手に入れられるようになったのはありがたいが、アルコール依存症《いぞんしょう》になる人が増えそうで怖《こわ》い。

「飲まないんですか？」

「飲むよ」

グラスを口に運ぶ。だが、まだ口は付けない。というか、アルコール度数が気になって口を付けるどころではない。隣《となり》に視線を向ける。シオンが期待しているかのような目でこちらを見ていた。飲まないという選択《せんたく》はない。頑張れ、僕の肝臓《かんぞう》。信じてるぞ、両親から受け継いだアルコール代謝機能、と少しだけお酒を口に含《ふく》む。アルコールが強烈《きょうれつ》すぎて吐きそうになるが、何とか飲み下してグラスをテーブルに置く。

「どうですか？」

「もっと水で薄《うす》めた方がいいと思う」

「教わった通りに作ったんですけど……」

「じゃあ、ちょっとだけ」

シオンがちょっとだけ不満を滲《にじ》ませて言い、クロノはグラスをスライドさせた。

「じゃあ、ちょっとだけ」

えへへ、とシオンは子どもっぽい笑みを浮かべてグラスを手に取った。そして、一気に呷《あお》る。ぎょっと目を剥く。クロノはほんの少ししかお酒を飲んでいないのに吐きそうになった。それを一気に飲み干すとは。意外に酒豪《しゅごう》なのだろうか。クロノは固唾《かたず》を呑んでシオンを見守る。突然《とつぜん》、シオンがびくっと体を震わせる。まさか、吐くのだろうか。テーブルの上にある金属製のバケツを手に取った直後、シオンが小さく息を吐いた。

「えへへ、びっくりしました」

ふう、とクロノは息を吐き、ソファに寄り掛かった。すると、シオンがしな垂れ掛かってきた。突然の出来事、いや、想定外の出来事にびくっとしてしまう。

「きょ、今日は大胆《だいたん》だね？」

「エレインさんに勇気の出る魔法を掛けてもらったんです」

クロノが声を上擦らせながら尋《たず》ねると、シオンは艶然《えんぜん》とした笑みを浮かべた。年頃《としごろ》だからお洒落《しゃれ》に興味があるのかと思っていたが、どうやら変身願望があったようだ。ストレスを溜《た》め込む質なのでさもありなんという感じだ。

「実はクロノ様に聞きたいことがあったんです」

「……聞きたいこと？」

　クロノはやや間を置いて聞き返した。愛の告白ですか？　と思ったが、口にはしない。その代わりに居住まいを正す。

「どうして、無理に言うことを聞かせようとしないんですか？」

「誤解されそうな聞き方をしますね」

「そーですか？」

　シオンがわざとらしく言う。これもストレスから解き放たれたせいだろうか。いや、目がとろんとしている。酔《よ》っているのだ。

「神聖アルゴ王国の件だよね？」

「そーです」

　そうだね、とクロノは小さく呟き、居住まいを正した。

「前に納得《なっとく》の話をしたよね？」

「はい、失敗するなら私がいいって言ってました」

「うん、そうだね。シオンさんに考えて欲しいって言ったのはシオンさんにも納得して欲しかったからかな」

「それって、自己満足じゃないんですか？」

「今日のシオンさんは辛辣《しんらつ》だね」

クロノは苦笑し、牙《きば》の首飾《くびかざ》りに触れた。

「人間って基本的に自由じゃないと思うんだよね」

「そうですか？　貴族様は好き勝手にやってると思いますけど？」

「そりゃそういう貴族も中にはいるだろうけど、貴族も、平民も、貧民《ひんみん》も一緒だよ。無限の選択肢《せんたくし》なんてない。ただ僕達《ぼくたち》には自分の意思があって、一つきりしかない選択肢でも選ぶことができるんだ」

「一つきりしかない選択肢を選んだって言えるんですか？」

「言える」

「……」

クロノが断言すると、シオンは押し黙った。

「選択肢が一つしかなくても納得できればそれは選んだのと同じなんじゃないかな？」

「自分の選択に価値を与《あた》えられるということでしょうか？」

「そういうことだと思う」

多分、とクロノは心の中で付け加えた。沈黙が舞い降りる。だが、それも長くは続かなかった。グラスの氷がカランと涼やかな音を立てたのだ。

「私、クロノ様の申し出を受けようと思います」

「いいの？」

「はい、どっちを選んでも後悔《こうかい》しそうなので、前向きっぽい方が納得できるかなって」

シオンははにかむような笑《え》みを浮かべた。それと、と続ける。

「私はクロノ様のことを好きかも知れません」

「無茶苦茶《むちゃくちゃ》、唐突《とうとつ》ですね」

「そーですか？」

シオンは間延びした口調で言うとソファから立ち上がり、クロノに跨《また》がってきた。顔を上げる。シオンの目はとろんとしている。やはり、酔っているようだ。

「どうして、そう思ったんですか？」

「グラネットさんに言われたんです。私にはクロノ様以外いないって」

「選択肢が一つきりですね」

「はい、だから……」

何故か、シオンは口籠もった。視線を横に向け、再びこちらに向ける。

「クロノ様でいいかなと思いました。という訳で種付けをして下さい」

「いや、それはちょっと……」

　明らかに酔っているシオンを相手にそんなことをするべきではない。あッ！　とシオンは声を上げ、クロノの上から下りた。足下《あしもと》に跪く。

「まず大きくしなくちゃいけませんね。『大地の秘技』で読みました」

「……」

　シオンがベルトに手を伸ばす。やはり、こういうことは素面《しらふ》の時にやるべきだ。そう思う。だが、残念ながらクロノは酔っていた。酔ってしまっていた。残念だな～、とシオンがズボンを脱《ぬ》がしやすいように立ち上がる。

「安心して下さい。私は黄土神殿《しんでん》の神官ですからやり方は心得てます」

　シオンは鼻息も荒《あら》く言い放ち、ベルトを外した。そいやッ！　とズボンとパンツを引き下げる。そして――。

「……」

　クロノを見つめたまま動きを止めた。実物を見てフリーズしたのだ。『大地の秘技』はイラストが今一つだったもんな～、とクロノはしばらくその場に立ち尽《つ》くした。

第四章『帝都』

昼——そろそろ登城の時間か、とレオンハルトは読んでいた本を閉じた。本をテーブルの上に置き、ソファから立ち上がる。その時、廊下《ろうか》からドタバタという音が聞こえた。リーラに違《ちが》いない。不意に音が止《や》み、バンッと扉が開く。

「レオンハルト様、そろそろ箱馬車の準備ができるだよ」

「私の方も準備万端《ばんたん》だよ」

レオンハルトが軍服の襟《えり》を摘《つ》まんで応じると、リーラがテーブルの上を見た。ドタドタと歩み寄り、本を手に取る。

「な～にが準備万端だ。こったら所に本を放り出して」

「城から戻ったら片付けようと思っていたのだがね」

「屁理屈《へりくつ》捏《こ》ねるでねぇだ！　オラ、そんな風に育てた覚えはねぇッ！」

「私もリーラに育てられた覚えはないよ」

「ったく、オラがいねぇとホントに何もできねぇんだから」

　軽く肩を竦《すく》めて言うが、彼女《かのじょ》は無視してドタドタと本棚《ほんだな》に歩み寄った。そして、本棚の空きスペースに本を押《お》し込もうとする。ミシミシッと本棚が軋《きし》むが、彼女は全く気にしていないようだ。その本を収めるべき場所はそこではない、と溜息を吐く。だが、指摘《してき》しても『そっただことを言うんなら自分で片付けるだ』と怒《おこ》るだけだろう。そこで、あることに気付く。するとリーラの腰――エプロンの紐《ひも》に書簡が挟《はさ》まっていたのだ。歩み寄り、書簡に触《ふ》れる。すると、リーラは本を中途半端《ちゅうとはんぱ》に突《つ》っ込んだまま振《ふ》り返り――。

「お天道様《てんとうさま》もまだ高ぇのに何するだッ！」

　両手を突き出してきた。レオンハルトは彼女の諸手《もろて》突《つ》きをひょいと躱《かわ》し、本棚に歩み寄った。落下する本を手に取り、正しいスペースに収める。ドテッという音が響き、振り返ると、リーラが四《よ》つん這《ば》いになっていた。正面に回り込んで手を差し伸べる。

「立てるかね？」

「自分でやっといて何言ってるだ⁉」

　リーラはペシッとレオンハルトの手を払《はら》い除《の》け、立ち上がった。ったく、体ばっか大きくなって子どもの頃《ころ》と全然変わらねぇ。これだからレオンハルト様は……、とぶつくさ文句を言いながら汚《よご》れてもいないメイド服を叩《はた》く。

「ほら、そろそろ城さ行くだ。馬車の準備ができてんぞ」

「その前に言うことがあるのではないかね？」

「言うことなんてねぇだ」

リーラはきっぱりと言った。どう切り出すのがベストだろう、とレオンハルトは指でこめかみを押さえた。だが、何を言ってもとぼけた言葉が返ってきそうなのでレオンハルトは考えるのを止めた。

「父から書簡が届いているのではないかね？」

「…………あ～、そうだった、そうだった。御館様《おやかた》から書簡が届いてただよ」

リーラはかなり間を置いて声を上げた。腰に手を回し、書簡を差し出す。書簡を手に取るが、リーラは手を放そうとしない。

「私宛《わたしあて》のはずだが？」

「まだ礼を言ってもらってねぇだ」

「書簡を持ってきてくれて、ありがとう」

「うんうん、レオンハルト様もようやくまともになっただな」

リーラが書簡から手を放し、レオンハルトは机に向かって足を踏《ふ》み出した。だが、三歩と歩かない内に軍服を掴《つか》まれる。振り返ると、リーラが不機嫌《ふきげん》そうに睨《にら》んでいた。

「手を放してくれないかね？」

「放したら書簡を引き出しに突っ込んじまうだろ？」

「よく分かるね」

「そりゃ長ぇ付き合いだもの。レオンハルト様の考えてることくらい分かるだ。どうせ、読まずに放置すんだろ？」

「まさか」

「ほら、さっさと読んじまえ。馬車が待ってるだぞ？」

レオンハルトは溜息を吐《つ》き、書簡を広げた。文章を読み、再び溜息を吐く。ふと視線を感じて隣を見ると、リーラが書簡を覗《のぞ》き込んでいた。もっとも、彼女は文字を読めないので何が書いてあるか理解できないだろうが。

「何をしているのかね？」

「何て書いてあるだ？」

「軍を辞《や》めて家督《かとく》を継《つ》ぐ準備をしろと書いてあるね」

「オラの家族のことは書いてねぇだか？」

「残念ながら」

「そっか～。そら残念だ」

リーラはがっくりと肩を落として言った。どうやら家族のことが気になって書簡を覗き込んでいたらしい。父――ロムス・パラティウムがどんな人間か知っているだろうに。

「そんで、レオンハルト様はどうするだ？」

「どうとは？」

「そりゃ、御館様の跡《あと》を継ぐかどうかに決まってるだ」

「もう少し自由を謳歌《おうか》したくてね。まだ家督を継ぐつもりはないよ」

「レオンハルト様は碌《ろく》でなしだな」

「はは、そうだね」

リーラが顔を顰《しか》めて言い、レオンハルトは笑った。もちろん、家督の継承《けいしょう》を先延ばしにしているのは自由を謳歌したいからではない。パラティウム家の存在感を示すためだ。父の時代は領主が独自の戦力を持ち、有事の際に皇帝《こうてい》のもとに馳《は》せ参《さん》じていた。必然、大きな戦力を保有する貴族の発言は受け入れられた。だが、今は違う。帝国《ていこく》が莫大《ばくだい》な予算を投じて常備軍を維持《いじ》するようになり、領主の発言力は低下した。それはパラティウム家――公爵《こうしゃく》家とて例外ではない。帝国内で発言力を有するには領地を捨てて宮廷《きゅうてい》貴族となるか、軍で存在を示すしかない。父にもそれは分かっているはずだが、パラティウム家がアルコル宰相《さいしょう》の風下に立っているようで面白《おもしろ》くないのだろう。

パラティウム家の嫡男《ちゃくなん》として相応《ふさわ》しい振る舞《ま》いをしろと言い続けてきた男が勝手なもの

だと思う。ともすれば父のパラティウム家当主に相応しからざる行為《こうい》の数々を思い出して皮肉めいた笑みを浮かべてしまう。不意に衝撃《しょうげき》が走る。リーラが両手でレオンハルトの顔を挟んだのだ。いや、叩いたというべきか。

「何をするのかね？」

「悪い顔をしてただ」

「いつも通りだと思うが？」

「なーにがいつも通りだ。どうせ、御館様のことを心ん中で見下してたんだべ。そういうんは伝わるんだから駄目《だめ》だって何度も言ったべ」

「善処するよ」

「じゃあ、許してやるだ」

レオンハルトが溜息交じりに言うと、リーラは手を放した。リーラの件もあって父との関係が拗《こじ》れたのだが、これは言うまい。書簡を筒状《つつじょう》に丸め、口を開く。神威術《しんいじゅつ》で燃やそうと思ったのだが、燃やしたらリーラにまた色々と言われそうだ。机に歩み寄り、書簡を引き出しにしまう。

「行ってくるよ」

「真面目に仕事をしてくるだぞ？」

「私はいつでも真面目だとも」

レオンハルトは軽く肩を竦め、足を踏み出した。

※

箱馬車が揺《ゆ》れ、レオンハルトは窓の外を見た。アルフィルク城に着いたのかと思いきやそこは跳《は》ね橋《ばし》の遥か手前だった。跳ね橋を通る順番を待っているのだろう。宴《うたげ》のような催《もよお》しもないのに珍《めずら》しいこともあるものだ。しばらくして箱馬車が動き出した。跳ね橋を通り、落とし格子《ごうし》を潜《くぐ》り、城門を抜《ぬ》ける。箱馬車のスピードが緩《ゆる》やかなものに変わり、庭園の一角で止まる。御者《ぎょしゃ》が扉を開けるのを待たずに箱馬車から降り、アルコル宰相の執務《しつむ》室《しつ》に向かう。


城内を進みながら視線を巡《めぐ》らせる。ちらほらと見慣れない人物がいる。アルフォートへの謁見《えっけん》を望んでいた領主達《たち》だろう。ピスケ伯爵《はくしゃく》がついに根負けしたのかと思ったが、堂々としているのでその線はなさそうだ。恐《おそ》らく、登城の条件が変わったのだろう。さらに城内を進む。すると、廊下の一角に人が集まっていた。声が聞こえてくる。

「流石、殿下《でんか》！　素晴《すば》らしいお考えですッ！」

「霊廟《れいびょう》に帝国の歴史を刻むなど非凡《ひぼん》の極《きわ》み！　あまりの非凡さに涙《なみだ》が止まりませんッ！」

「霊廟が完成すれば新貴族共も心を入れ替《か》えるに違いありません！」

「そ、そうであろう！　だ、だというのに、ア、アルコルのヤツは理解を示そうとしなかった。お、お、お陰《かげ》でお前達を迎《むか》え入れるのにじ、時間が掛《か》かってしまった」

どうやら領主達がアルフォートに媚《こ》びを売っているようだ。あまり関わり合いになりたくないが、無視したら角が立ちそうだ。どうしたものかと思案を巡らせていると、アルフォートが領主達を引き連れてこちらにやって来た。

「レ、レオンハルト！」

「お久しぶりです、殿下」

レオンハルトは立ち止まり、アルフォートに敬礼した。領主達に視線を向ける。

「そちらの方々は？」

「う、うむ、よ、余の計画――れ、霊廟建設にさ、賛同して馳せ参じてくれたきょ、協力者達だ。しょ、紹介《しょうかい》しよう。ま、まずはボウティーズ男爵《だんしゃく》」

「……」

豪奢《ごうしゃ》な服を着た男――ボウティーズ男爵が歩み出て一礼する。

「次にブルクマイヤー伯爵」

「……」

鷲鼻《わしばな》の男――ブルクマイヤー伯爵が歩み出て一礼する。

「次に――」

「……」

アルフォートの紹介に合わせて背後にいた貴族達が歩み出て一礼する。総勢十名の紹介を受けたが、軍では聞き覚えのない姓《せい》ばかりだった。恐らく、発言力の低下した領主達が再起を賭《か》けてアルフォートに取り入ろうとしているのだろう。

「と、ところで、レオンハルトは何用で登城したのか？」

「はッ、宰相閣下に呼び出しを受け……」

「そ、そうか」

アルフォートが笑みを浮かべ、レオンハルトは内心首を傾《かし》げた。アルフォートはアルコル宰相と仲が悪かったはずだ。不機嫌になるのならまだしも笑みを浮かべるとは考えられない。訝《いぶか》しんでいると、アルフォートが身を寄せてきた。

「ここだけの話なのだが……」

「はッ……」

「ア、アルコルはマグナス国王から、し、支援《しえん》を、よ、要請《ようせい》されているようなのだ」

「……」

レオンハルトは視線のみを動かして領主達の様子を確認《かくにん》した。何度もこんな遣《や》り取りがあったのか、聞こえないふりをしている。

「だ、だが、あ、あん、安心せよ。い、いざとなれば余が何とかする」

「その時はよろしくお願いいたします」

「う、うむ、任せよ」

レオンハルトが頭《こうべ》を垂れると、アルフォートは歯を剥《む》き出して笑った。

「では、私はこれで……」

「う、うむ、しょ、職務に、は、励《はげ》むがいい」

会釈《えしゃく》してアルフォート達から離《はな》れる。人の口に戸は立てられぬとは言うものの、作戦に関する情報を言いふらすのはどうかと思う。余が何とかすると宣《のたま》っている以上、切り捨てられる可能性は低いだろうが。そんなことを考えながら城内を進む。しばらくしてアルコル宰相の執務室が見えてきた。扉の傍《かたわ》らには白い軍服を着た二人の男が立っている。レオンハルトが足を止めると、二人は背筋を伸《の》ばして敬礼した。

「第一近衛騎士団《きしだん》団長レオンハルトだ」

「少々お待ち下さい」

レオンハルトが返礼して告げると、一方の男が踵《きびす》を返して扉を叩いた。返事はない。扉を開け、言葉を交《か》わした後でこちらに向き直る。

「どうぞ、お入り下さい」

「失礼する」

執務室に入ると、アルコル宰相は机に向かっていた。その傍らにはピスケ伯爵の姿もある。足を踏み出し、机からやや離れた場所で立ち止まる。

「第一近衛騎士団団長レオンハルト、参りました」

「うむ、ご苦労」

レオンハルトが敬礼すると、アルコル宰相は鷹揚《おうよう》に頷《うなず》いた。

「用件は神聖アルゴ王国——王室派支援作戦に参加する意思があるか確認するためということでよろしいでしょうか？」

「そうだ」

レオンハルトの問いかけにアルコル宰相が言葉少なに応じる。すると、ピスケ伯爵が顔を顰めた。情報の出所がアルフォートと察したのだろう。

「それで、どうする？」

「謹《つつし》んでお受けいたします」

「――ッ！」

アルコル宰相に参加する旨《むね》を伝えると、ピスケ伯爵は息を呑《の》んだ。レオンハルトが作戦に参加するとは思っていなかったのだろう。だが、アルコル宰相は違うようだ。平然とこちらを見ている。

「ただ、今回の作戦に部下を参加させるのは――」

「分かっている。第一近衛騎士団から作戦に参加するのはレオンハルト殿《どの》のみ。それでいいな？」

「感謝いたします」

「作戦の概要《がいよう》についてはピスケ伯爵に聞け」

「はッ、承知いたしました」

レオンハルトが背筋を伸ばして応じると、アルコル宰相はそれっきり興味を失ったようだ。ごほん、とピスケ伯爵が咳払《せきばら》いをする。

「作戦の概要については私の執務室で説明しよう」

「承知した」

ピスケ伯爵が足を踏み出し、レオンハルトはその後に続いた。アルコル宰相の執務室を出て、無言で城内を進む。しばらくしてピスケ伯爵が口を開いた。

「レオンハルト殿は構わないのかね？」

「帝国を守るためであれば是非《ぜひ》もないよ」

「そうか」

ピスケ伯爵がホッと息を吐く。だが、本心ではレオンハルトの決断に納得していないのだろう。わずかに眉根《まゆね》が寄っている。

「昔――私の父が現役《げんえき》だった頃とは時代が違うのですよ」

「ああ、そういうことか」

レオンハルトが冗談《じょうだん》めかして言うと、ピスケ伯爵は合点《がてん》がいったとばかりに声を上げた。不安だったが、理解してもらえたようだ。会話が途切《とぎ》れ、再び無言で城内を進む。すると、アルフォート達の姿が見えてきた。先程《さきほど》と場所が違う。恐らくアルコル宰相の動向を探《さぐ》るために、いや、違うか。領主達に自分の力をアピールするために移動したのだろう。アルフォートが近づいてくる。レオンハルト達は立ち止まり、アルフォートに敬礼をした。

「よ、よよ、よい。ら、楽にせよ」

「「はッ！」」

レオンハルト達は声を張り上げ、敬礼を解いた。アルフォートがにやりと嗤《わら》う。当然のことながらいい予感はしない。

「し、して、アルコルと、ど、どのような話をした？」

「それは……」

ピスケ伯爵が口籠《くちご》もる。自分の力をアピールするためにわざわざ移動するくらいだ。作戦の内容を口にすればあちこちで吹聴《ふいちょう》するに違いない。かといって、嘘《うそ》を吐《つ》けば事実が明らかになった時に機嫌《きげん》を悪くすることだろう。だから、ピスケ伯爵は口籠もったのだ。だが、口籠もることも悪手には違いない。アルフォートはあからさまに不愉快《ふゆかい》そうな顔をしている。仕方がなく前に出る。

「恐れながら、作戦の内容をここで口にする訳には参りません」

「な、何だと⁉ よ、余は次期皇帝だぞッ！」

「殿下のことは信頼《しんらい》しておりますが……」

レオンハルトは言葉を句切り、背後にいる領主達に視線を向けた。アルフォートはきょとんとしている。裏切り者がいるかも知れないと匂《にお》わせたつもりなのだが、やはりアルフォートは察しが悪いようだ。さらに距離を詰める。すると、アルフォートはびくっと体を震《ふる》わせた。頭を下げ——。

「お耳を……」

「う、うむ」

小さく囁《ささや》くと、アルフォートはこちらに耳を向けた。

「情報が何処《どこ》から漏《も》れるとも限りません」

「よ、余の協力者の中に裏切り者がいると申すか？」

「そのようなことは申しておりません。ですが、次代の帝国を背負って立つ身なれば用心は必要ではないかと」

「そ、そうだな。じ、次代の、て、帝国を背負って立つ身なれば用心は必要だな」

「殿下は理解していらっしゃるかと思いますが、どれほど勇ましい言葉を口にしても戦《いくさ》に臨《のぞ》む将兵の心は千々に乱れているのです」

「そ、それはお前もか？」

「もちろんでございます。現場のことはピスケ伯爵に任せ、殿下は父親のような気持ちで戦に臨む将兵を見守って頂きたく存じます」

「ち、父親のような気持ちでか？」

「はい……」

レオンハルトが静かに頷くと、アルフォートは引き攣《つ》った笑みを浮かべた。自尊心をくすぐられた心地《ここち》よさと自分を大きく見せたい思いの間で心が揺れているのだろう。アルフォートはにんまりと笑い――。

「そ、そうか。で、では、よ、余はい、行くとしよう。皆《みな》の者、行くぞ」

領主達を率いて歩き出した。ややあって、ピスケ伯爵がほぅと息を吐く。

「助かった。礼を言う」

「礼を言われるほどのことではないよ」

レオンハルトは軽く肩《かた》を竦めた。一度だけならばどうとでも取り繕《つくろ》えるのだ。これが際限なくとなると自信がない。

「では、行くとしよう」

そう言って、ピスケ伯爵が歩き出し、レオンハルトはその後に続いた。程《ほど》なくピスケ伯爵の執務室が見えてきた。扉《とびら》の傍らには二人の男が立っている。一方は隙《すき》だらけだが、もう一方はかなりできる。こちらに気付いたのだろう。背筋を伸ばし、口を開く。

「「お疲《つか》れ様《さま》ですッ！」」

「うむ、ご苦労」

ピスケ伯爵は労《ねぎら》いの言葉を掛け、執務室に入った。レオンハルトも後に続く。ピスケ伯爵はよろめくように自身の机に移動し、頽《くずお》れるようにイスに腰を下ろした。しばらくして居住まいを正し──。

「では、作戦について説明しよう。今回の作戦は──」

作戦の説明を始めた。アルフォートは支援と言っていたし、アルコル宰相も否定はしなかったが、その内容は工作と評すべきものだ。

「発案者はクロノ殿かな？」

「——と、こんな所だ」

「よく分かるな」

「これだけ露骨《ろこつ》に利益誘導していれば」

レオンハルトは苦笑《くしょう》しながら応じた。だが、正直にいえばクロノらしさ——意外性が乏《とぼ》しいように感じられる。ともすればこの作戦自体が本来の目的を隠《かく》すための偽装《ぎそう》なのではないかと勘繰《かんぐ》ってしまう。

「私は街道を封鎖《ふうさ》すれば？」

「いや、クロノ殿と共に王室派の領地に行ってもらう」

「どうやら私は信用されていないようだね」

「あの親征で地獄《じごく》を見たのだ。信用される方がおかしかろう」

レオンハルトが肩を竦めると、ピスケ伯爵は溜息《ためいき》を吐《つ》くように言った。

「では、私はこのままクロノ殿のもとに？」

「その前にやってもらいたいことがある」

　ピスケ伯爵は引き出しから紙の束を取り出して机の上に置いた。

「拝見しても？」

「もちろんだとも」

　レオンハルトは机に歩み寄り、紙の束を手に取った。紙には名前や経歴、評価などが記されている。

「作戦に参加する兵士の名簿《めいぼ》だね？」

「その通りだ。彼《かれ》らが街道封鎖を担当する」

「つまり、私に彼らを鍛《きた》えろと？」

「そういうことだ」

「実力の程は？」

「彼らはあと一歩という所で近衛騎士団に入団できなかった者達だ。一般《いっぱん》兵よりもよほど腕《うで》が立つし、聞き分けもいい」

「それを聞いて安心したよ。それにしてもよくこれだけ集められたものだね」

「任務を果たした暁《あかつき》には入団に便宜《べんぎ》を図《はか》る約束をした。まあ、それだけではないがね」

　ピスケ伯爵は皮肉げな口調で言った。ふと城内の様子を思い出す。

「何か気になることでもあるのかね？」

「いや、その便宜と城内の様子は関係しているのかと思ってね」

「……」

ピスケ伯爵は押し黙《だま》り、深々と溜息を吐いた。

「参加者に対する補償に殿下が文句を付けてな。それで、霊廟の建設と領主達の登城を認めることになった」

「……」

今度はレオンハルトが押し黙る番だった。そうでなければ皮肉の一つも口にしていただろう。だが、不可解なこともある。アルフォートが文句を付けたくらいでアルコル宰相が従うとは思えないのだ。

詮索《せんさく》しても仕方がないか、とレオンハルトは名簿を見つめた。そこにはデュラン・ランドエッジの名があった。

※

朝――デュランは夢を見ている。去年の三月に行われた第十二近衛騎士団の入団試験の夢だ。いや、夢で敗北の瞬間《しゅんかん》を追体験しているというべきか。親征で多数の死傷者を出したこともあって、その年の入団試験は実技に重きが置かれていた。戦死者や負傷で一線を退かざるを得なくなった団員には申し訳ないが、デュランは奮い立った。多分、入団試験を受けた全員がそうだったはずだ。というのも強いだけでは近衛騎士《きし》になれないからだ。頭のよさや家格も求められる。もちろん、何事にも例外はある。たとえば強いだけで近衛騎士になった女とかだ。残念ながらデュランは例外に属する人間ではなかった。それでも諦《あきら》めきれずに五度も入団試験を受けた。

こんなチャンスは二度と巡ってこない。そう考えて必死に鍛錬《たんれん》を積んだ。体調にも気を遣《つか》った。その甲斐《かい》あってベストコンディションで入団試験を迎えることができた。試験は概《おおむ》ね上手《うま》くいった。模擬戦闘《もぎせんとう》を行うまでは。

模擬戦闘の相手は軍学校の後輩《こうはい》——サイモン・アーデンだった。模擬戦闘はサイモンが序盤《じょばん》の主導権を握《にぎ》り、デュランが中盤《ちゅうばん》以降の主導権を握るという展開になった。予想通りといえば予想通りの展開だった。サイモンは荒っぽく、勢いに任せた戦い方をする。さらに戦いが長引くと勝負を焦《あせ》って動きが雑になるという悪癖《あくへき》があった。要するに序盤を凌《しの》げれば勝つのは難しくない相手だったのだ。そう、難しくない相手だった。過去形だ。サイモンは手強《てごわ》く——諦めが悪くなっていた。

戦いが長引き、焦っていたはずだ。主導権を取り戻《もど》せず、敗北の二文字が脳裏《のうり》を過《よぎ》っていたはずだ。軍学校時代のサイモンであれば乾坤一擲《けんこんいってき》の賭けに出ていたはずだ。だというのにサイモンは耐《た》え凌ぎ、巡ってくるかも分からないチャンスを窺《うかが》っていた。そして、チャンスは巡ってきた。デュランは勝負を急ぐあまり崩《くず》れた体勢で攻撃《こうげき》を繰《く》り出し、サイモンはその隙を見逃《みのが》さなかった。木剣《ぼっけん》の切っ先が迫《せま》り——。

「旦那《だんな》、起きて下さい」

「——ッ!」

デュランはハッと目を覚ました。視線を巡らせる。そこは最低限の家具しかない粗末《そまつ》な部屋だった。新市街にあるアパートだ。

「よかった。なかなか目を覚まさないから心配してたんですよ」

「……」

声のした方を見ると、女がベッドに腰《こし》を掛けてこちらを見ていた。ブラウンの髪《かみ》を結《ゆ》い上げた目の細い女だ。名をアンジェという。

「おはよう、アンジェ」

「はいはい、おはようございます。朝食はできてるんで、とっとと食べちまって下さい」

「ああ……」

返事をすると、アンジェは立ち上がり、部屋を出て行った。デュランは溜息を吐き、体を起こした。ベッドが抗議《こうぎ》をするように軋むが、無視してベッドから下りる。服を着替《きが》えて寝室《しんしつ》を出る。寝室を出た先にあるのは台所兼《けん》食堂だ。アンジェはこちらに背を向けて朝食の準備をしている。席に着くと、ガタッとイスが揺れた。立て付けが悪いのは今に始まったことではないが、思わず足下を見てしまう。すると――。

「足下なんて見て、どうしたんです？」

「ん？　イスの――」

アンジェが声を掛けてきた。顔を上げ、問いかけに答えようとする。だが、アンジェは返答を待たずに料理をテーブルの上に並べ始めた。パン、スープ、ベーコン、サラダというメニューだ。

「今日は豪勢《ごうせい》だな」

「今日から訓練だって言ってたんで気張ったんですよ」

「そうか、ありがとうな」

「あたしと旦那の仲じゃないですか」

「俺達《おれたち》の仲か」

デュランは鸚鵡《おうむ》返しに呟《つぶや》いた。自分達がどんな関係かと言われるとちょっと困る。自分では恋人《こいびと》だと思っているが――。

「恋人、ですよ？」

「そ、そうだな。恋人だな」

「旦那はちょいちょい初々《ういうい》しい所がありますねぇ」

デュランが内心安堵《あんど》しながら答えると、アンジェは困ったような笑みを浮《う》かべて対面の席に座《すわ》った。

「お前だって――」

「何です？」

「何でもねぇ」

アンジェが小首を傾げ、デュランは言い返すのを諦めてパンを手に取った。千切って口に運ぶ。彼女とは一年余り――入団試験でサイモンに敗北した日以来の付き合いだ。あの日は敗北したショックでしこたま酒を飲んだ。泥酔《でいすい》して、喧嘩《けんか》して、路地裏に転がってい る所を拾われたという経緯《けいい》があるのでどうしても強く出られない。もそりもそりとパンを食べていると、アンジェが口を開いた。

「旦那、今からでも訓練を辞退できませんか？」

「何を言ってるんだ？」

「旦那が心配なんですよ」

思わず問いかけると、アンジェは弱り切った口調で言った。

「それはできない」

「どうしてですか？」

「これはチャンスなんだ。訓練を受けて作戦に参加すりゃ近衛騎士になれる。家具を買い換《か》えられるし……、いや、家具を買い換えられるなんてケチな話じゃなくて、もうちょい環境《かんきょう》の整った街区に引っ越《こ》せる。お前だってうだつがあがらない警備兵の嫁《よめ》さんなんかじゃなくて近衛騎士の嫁さんになりたいだろ？」

「おや、旦那はあたしを嫁さんにするつもりがあったんですねぇ」

「混ぜっ返すなよ」

「別にあたしはうだつがあがらない警備兵の嫁さんで大満足ですけどね。それに、家具だって、家だって命を懸《か》けるほどのもんじゃありませんよ」

「……俺《おれ》みたいな貴族の四男坊が出世するにゃ命を懸けるしかないんだよ」

デュランは言葉に詰《つ》まり、弱々しい口調で反論した。

「クロノのこと、知ってるだろ？」

「ええ、耳にたこができるくらい聞かされましたよ」

「あいつはすごい落ちこぼれだったんだ。でも、今やエラキス侯爵《こうしゃく》領とカド伯爵領――二つの領地を治める領主様だ。それだけじゃない。あいつのために第十三近衛騎士団なんてものが新設された」

「何度も死にそうな目に遭《あ》ったって聞いてますよ？」

「耳聡《みみざと》いな」

「酒場で働いてますからね。こういう情報は嫌《いや》でも耳に入ってくるんですよ」

「確かに何度も死にそうな目に遭ったらしい。けど、あいつはピンチをチャンスに変えたんだ。だから――」

「だから、俺だってですか？　止めて下さいよ、自分の命を賭け金《きん》にするような真似《まね》は」

アンジェはデュランの言葉を遮《さえぎ》って言った。聞き分けのない子どもを諭《さと》すような口調だった。相手がアンジェでなければ怒《いか》りを覚えたことだろう。だが、彼女の言葉はデュランを案じての言葉だ。それが分かっているから何も言えなくなってしまう。沈黙《ちんもく》が舞い降《お》りる。気まずい沈黙だ。デュランはもそりもそりとパンを食べ、口を開いた。

「俺はさ。剣術《けんじゅつ》が好きなんだ」

「藪《やぶ》から棒《ぼう》に何です？」

「才能は、その、あまりなかったみたいだけど、ずっと打ち込《こ》んできたんだ」

ええ、とアンジェは頷いた。

「でも、好きなだけじゃ嫌なんだよ。評価されたいんだ。帝国の歴史になんて大層なことは言わねぇけど、がっつり爪痕《つめあと》を残したいんだよ」

「『近衛騎士の嫁さんになりたいだろ？』って言ったくせに自分のことじゃないですか」

「すまねぇ」

アンジェが呆《あき》れたように言い、デュランは謝罪した。いや、謝罪することしかできなかった。家具を買い換えられるとか、もっといい所に引っ越せるとか、近衛騎士の嫁さんの方がいいだろとか言っておきながら自分のことしか考えていなかったのだから。考えてみればずっとそうだった気がする。自分の夢以外を蔑《ないがし》ろにしてきた。もっと他のものにも目を向ければよかった。そう考える一方で、仮に過去に戻ることができても同じことを繰り返すと考えている自分もいた。そのくせ、女にうつつを抜かしているのだから本当に自分はどうしようもない。

再び沈黙が舞い降りる。息が詰まるような沈黙だ。こんな俺がアンジェと一緒《いっしょ》にいていいのだろうか。そんなことを考えていると、ふぅという音が響《ひび》いた。アンジェが溜息を吐いたのだ。考えていたことが考えていたことだけにびくっとしてしまう。

「ったく、男ってヤツは」

「すまねぇ」

「……ちゃんと生きて帰ってきて下さいよ」

アンジェがやや間を置いて言い、デュランは顔を上げた。アンジェはそっぽを向いている。泣いているように見えるのは気のせいではないだろう。

「分かった。約束する。生きて帰ってくる」

「ならいいです」

アンジェは溜息を吐くように言って、デュランに向き直った。

「さあ、さっさと食べちまって下さい。訓練に遅《おく》れちまいますよ」

「ああ、ありがとう」

デュランは感謝の言葉を口にするとパンに齧《かじ》りついた。

※

デュランが集合場所――城壁《じょうへき》の外にある練兵場《れんぺいじょう》に行くと、そこにはすでに三十人ほどの男が集まっていた。近衛騎士団の入団試験に落ちた連中に声を掛けたのだろう。見知った顔ばかりだ。
「デュラン！」

名前を呼ばれ、声のした方を見る。すると、恰幅《かっぷく》のよい男が近づいてくる所だった。名をブルーノという。プライベートでの付き合いはないが、近衛騎士団の入団試験で顔を合わせることが多く、挨拶《あいさつ》を交わす程度の仲にはなっていた。

「ブルーノ、お前も志願したのか」

「そいつは俺の台詞《せりふ》だ。あれから近衛騎士団の入団試験に参加してねーしよ。心が折れちまったのかと思ったぜ」

「それもあるんだが……、恋人ができてな」

「マジか⁉」

デュランが頭を掻《か》きながら応じると、ブルーノは驚《おどろ》いたように目を見開いた。

「こんなことで嘘は吐かねぇよ。それで、まあ、夢見る時間はおしまいだとか、警備兵の仕事に専念しようとか思ってたんだが……」

「分かるぜ。裏がありそうな仕事でも近衛騎士になれるってんなら飛び付いちまうよな」

デュランが口籠もりながら言うと、ブルーノはしみじみと頷いた。今度はデュランが目を見開く番だった。共感してもらえるとは思わなかったのだ。だが、不思議なもので理解者がいると思うと少しだけ気が楽になった。

不意にブルーノが視線を横に向ける。つられて視線を横に向けると、四人の男が馬に乗って近づいてくる所だった。第一近衛騎士団の団長レオンハルト・パラティウムと第十二近衛騎士団の団長ベティル・ピスケ、そしてサイモン。残る一人は名前を知らないが、何処かで会ったような気がする。

四人が馬から下りる。名前を知らない男が三人から手綱《たづな》を預かり、サイモンが馬から荷——紐《ひも》で束ねた木剣を下ろす。近衛騎士の証である白い軍服を着たサイモンを見ている内に口の中に苦いものが広がる。あの時、勝負を急がなければあそこにいたのは自分だった。そんな思いが湧《わ》き上がる。その時、ブルーノに肩を叩《たた》かれた。

「行くぞ」

「分かってる」

デュランとブルーノは小走りに四人のもとに向かった。他の連中も同じだ。四人から少し離れた場所で立ち止まると、ベティルが前に出た。レオンハルトはその後ろ、サイモンと他一名はさらにその後ろだ。ベティルが視線を巡らせ、口を開く。

「諸君、まずは此度《こたび》の作戦に志願してくれたことを感謝する。諸君らの献身《けんしん》については最大限報《むく》いると約束しよう」

ベティルはそこで言葉を句切り、咳払いをした。

「具体的には諸君らが任務を終え、我《わ》が第十二近衛騎士団への入団を希望した際には活躍《かつやく》の如何《いかん》を問わず団員として迎え入れることを約束しよう。しかし、諸君らの中には我が第十二近衛騎士団を希望しない者も、まあ、いるだろう」

ベティルが冗談めかして言い、デュラン達は声を上げて笑った。こういう時には笑っておいた方がいい。

「その時は私とレオンハルト殿から人品卑《いや》しからぬ人物であると推薦《すいせん》させてもらう。まあ、そこから先は実力次第《しだい》だが……」

「質問をよろしいでしょうか？」

ベティルが口籠もり、ブルーノが手を挙げる。このタイミングで質問をする豪胆《ごうたん》さに思わず目を見開く。

「どんな質問かね？」

「はッ！　第十二近衛騎士団以外を希望して入団試験に落ちた場合、最初の——第十二近衛騎士団への入団を希望した際には活躍の如何を問わず団員として迎え入れるという約束は無効になるのでしょうか？」

ベティルが苦笑する。そりゃそうだろう。一度は第十二近衛騎士団への入団を拒《こば》んでおきながら試験に落ちたらやっぱりお願いしますなんて虫がよすぎる。

「あまり誉《ほ》められた行為《こうい》ではないが……、構わんよ。その時も我が第十二近衛騎士団に迎え入れると約束しよう」

おーッ！　と声が上がる。破格すぎる条件だ。それゆえに不安になる。だが、デュランは不安を抑《おさ》えつけて声を上げた。ベティルが咳払いをし、デュラン達は口を閉ざす。

「次に任務を終えたものの、負傷した際の条件だが……。負傷した際には相応の傷病手当を支払《しはら》い、また一線を退かざるを得ないほどの傷を負った者には可能な限り再就職の支援をする。最後に死亡した時のことになるが、この場合は遺族に相応の金額が支払われることとなる」

おーッ！　と再び声が上がる。デュランはおずおずと手を挙げた。ベティルがこちらに視線を向ける。

「何かね？」

「金が支払われるのは遺族だけでしょうか？」

「基本的にはそうだが……、いい人がいるのかね？」

「ええ、まあ、一応、結婚《けっこん》を考えていまして……」

ベティルの問いかけに口籠もりながら答える。

「ふむ、そういうことならば恋人に支払われるように対応しよう。もちろん、デュラン君が生きて戻るのが一番だがね」

「私の名前を⁉」

「もちろん、覚えているとも」

ベティルは髭《ひげ》を撫《な》でながら答えた。

「ああ、もう一つ伝えなければいけないことがあった。任務を終えて帰ってきたものの、退役《たいえき》を希望する場合だ。この場合もやはり相応の金額を払《はら》った上で可能な限り再就職の支援を約束しよう」

これもまた破格すぎる条件には違《ちが》いない。だが、声は上がらなかった。当然か。ここにいるのは近衛騎士を志す者ばかりだ。本心でどう思っているかは分からないが、臆病風《おくびょうかぜ》に吹《ふ》かれた時の話をされても素直《すなお》に喜べない。

「私からは以上だ。続いてレオンハルト殿から話がある」

ベティルが肩越《かたご》しに視線を向けると、レオンハルトが前に出た。その貴公子然とした佇《たたず》まいに自然と背筋が伸びる。

「第一近衛騎士団の団長レオンハルト・パラティウムだ。私も今回の作戦に参加する運びとなった。まあ、共に行動するのは最初の合流地点までだが……」

レオンハルトが軽く肩を竦《すく》めるが、笑い声は上がらない。ベティルほど冗談めかしていないし、第一近衛騎士団の団長――エリート中のエリートが出向かねばならない状況《じょうきょう》が空《そら》恐《おそ》ろしくなったのだ。

「とはいえ、それまで私が上司となることに変わりはないし、ベティル殿と同様に君達《きみたち》に生きて戻って欲《ほ》しいと考えている。そこで……」

レオンハルトが言葉を句切ると、サイモンが木剣を差し出した。レオンハルトは木剣の柄《つか》を握り、具合を確かめるように一振《ひとふ》りする。

「帝都《ていと》を発《た》つまでの二週間——望むのであれば合流地点に辿《たど》り着くまで、君達を鍛えようと思う。では、早速《さっそく》始めよう」

レオンハルトがこともなげに言い、デュラン達はどよめいた。名実共に最強の騎士と手合わせできるのだ。どよめくなという方が無茶《むちゃ》だ。

「さて、立候補する者は——」

「お、いえ、私がッ！」

デュランはレオンハルトの言葉を遮って名乗りを上げた。自分の無礼な行いに後悔《こうかい》の念が湧き上がる。だが、どうしても逸《はや》る気持ちを抑えきれなかった。レオンハルトは気分を害した素振《そぶ》りも見せずに木剣をこちらに放った。デュランが手を伸ばすと、木剣がすっぽりと手に収まる。

レオンハルトがサイモンから新しい木剣を受け取って足を踏《ふ》み出す。ただ歩いているだけだ。だというのにデュランは後退《あとずさ》っていた。それはブルーノ達も同様だ。自然と練兵場に手合わせをするスペースが生まれる。レオンハルトが立ち止まり、木剣の切っ先を地面に向ける。

「さあ、掛《か》かってきたまえ」

「――ッ！」

レオンハルトが訓練の開始を宣言し、デュランは息を呑んだ。木剣を構えようとするが、もたついてなかなか構えられない。サイモンに負けた後も鍛錬は続けていた。もたつくなんて有り得ない。それともこれがレオンハルトの実力なのだろうか。

「びびってんじゃねぇぞ、デュラン！」

「うるせぇッ！」

ブルーノに野次《やじ》られ、デュランは叫《さけ》んだ。それで少しだけ緊張《きんちょう》が解《ほぐ》れたような気がする。デュランは息を吐《は》き、木剣を中段に構えた。

「来たまえ」

「――ッ！」

レオンハルトが手招きし、デュランは大地を蹴《け》った。一気に距離《きょり》を詰め、脳天目掛《めが》けて木剣を振《ふ》り下ろす。だが、レオンハルトは躱《かわ》そうとしない。このままでは無防備に一撃《いちげき》を喰《く》らうことになる。殺してしまうかも知れない。背筋がひやりとするが、デュランは渾身《こんしん》の力で木剣を振り下ろした。鈍《にぶ》い感触《かんしょく》が伝わってくる。頭蓋骨《ずがいこつ》を叩き割《わ》った感触ではない。木剣で地面を打ち据《す》えた感触だ。レオンハルトはぎりぎり、本当にぎりぎりまで木剣を引きつけて躱したのだ。

「いい太刀筋《たちすじ》だ」

「――ッ！」

突然《とつぜん》、横合いから声を掛けられ、デュランは木剣を一閃《いっせん》させた。レオンハルトがわずかに身を引いて躱し、デュランは体当たりするつもりで距離を詰めた。いや、距離を詰めようとしたというべきだろうか。体当たりどころか、距離を詰めることさえできなかったのだから。グッ、とデュランは小さく呻《うめ》き、レオンハルトに攻撃を仕掛《しか》けた。おおよそ思い付く限りの攻撃を繰り出すが、全て躱されてしまう。それでも、攻撃を続ける。攻撃を続けながら獣《けもの》のように吠《ほ》える。そうしなければ心が折れてしまいそうだった。

きっと、心の何処かで信じていたのだ。凡人《ぼんじん》でも天才に一矢報《いっしむく》いることができるはずだと。だが、現実は違う。一矢報いるどころか、木剣を構えさせることさえできない。ここまで絶望的な隔《へだ》たりがあるとは思ってもみなかった。

もう何度目になるか分からない攻撃を繰り出したその時、足が縺《もつ》れた。このまま倒《たお》れれ

ば楽になれる。そんな思いが湧き上がる。だが、デュランは踏み止《とど》まった。好きなだけじゃ嫌だ。剣術で評価されたい。帝国《ていこく》の歴史でなくてもがっつりと爪痕を残したい――そんな我が儘《まま》をアンジェは後押《あとお》ししてくれた。だから、ここで倒れる訳にはいかないのだ。

「クッ、おぉぉぉぉッ！」

デュランは腰だめに木剣を構え、レオンハルトに突《つ》っ込んだ。腕に衝撃《しょうげき》が走る。レオンハルトが木剣をデュランのそれに叩き付けたのだ。あまりの衝撃に木剣を取り落とす。反射的に手を伸《の》ばすが、レオンハルトが首元に木剣の切っ先を突きつける方が速かった。顔を上げる。

「私の勝ちのようだね？」

「はい、参りました」

デュランが敗北を認めると、レオンハルトは木剣を引いた。だが、その目はデュランに向けられたままだ。まだこちらを警戒《けいかい》しているのだ。デュランは木剣を拾い上げ、レオンハルトに頭を垂れた。

「いい闘志《とうし》だった」

「――ッ！」

レオンハルトに肩を叩かれ、デュランはハッと顔を上げた。

「だが、闘志と技術のバランスが取れていない。これから闘志を活《い》かせるように技術に磨《みが》きを掛けていこう」

「ありがとうございますッ！」

デュランは背筋を伸ばして応えた。闘志のみとはいえ、レオンハルトに認められた。そのことが少しだけ気を楽にしてくれた。

「次は⁉」

「俺が！」

レオンハルトが周囲を見回して叫ぶと、男が名乗りを上げた。名前を知らない男だ。男がこちらにやって来る。デュランは男に木剣を渡《わた》し、ブルーノのもとに向かった。彼の隣《となり》に立ち、レオンハルト達に向き直る。

「いやぁぁぁッ！」

男が裂帛《れっぱく》の気合いと共にレオンハルトに攻撃を仕掛ける。ポンと肩を叩かれる。隣を見ると、ブルーノが気遣《きづか》わしげな表情を浮かべていた。

「大丈夫《だいじょうぶ》か？　死にそうな顔をしてるぞ？」

「死にそうな顔をしてるのに大丈夫な訳ないだろ」

デュランは小さく吐き捨てた。正直にいえばすぐにでもその場に座り込みたいくらいだ。

それほど疲弊《ひへい》しきっていた。

「どうだった？」

「見ての通りだよ。手も足も出なかった」

デュランは溜息交じりに答えた。

「あそこまで絶望的な差があるとは思わなかった」

「そんなにか？」

「お前も見てただろ？」

「そりゃ見てたけどよ。ここから見る分には――」

カン！　という音がブルーノの言葉を遮る。音のした方を見ると、レオンハルトが男の首元に木剣の切っ先を突きつけていた。男は顔面蒼白《そうはく》だ。レオンハルトが声を掛けると、男はふらふらと歩き出した。

「次は⁉」

「俺が！」

レオンハルトが声を張り上げ、ブルーノが名乗りを上げた。

「どれほどのものか試《ため》してやる」

「気をしっかり持てよ？」

「俺はお前と違ってメンタルが強いから大丈夫だ」

ブルーノは鼻息も荒《あら》く言い放ち、レオンハルトのもとに向かった。途中《とちゅう》で男から木剣を受け取る。ブルーノが先程《さきほど》のレオンハルトのように具合を確かめるように木剣を振る。ここからでも闘志に満ち溢《あふ》れているのが分かる。ブルーノは一礼し、雄叫《おたけ》びを上げてレオンハルトに突っ込んでいった。

結果から言うと、ブルーノは、いや、志願者全員がデュランと同じ運命を辿ることになった。中には泣き出してしまう者もいた。それでも、辞退者は出なかった。報酬《ほうしゅう》が魅力的《みりょくてき》だったこともあるが、圧倒的《あっとうてき》強者――レオンハルトに直接指導してもらえる機会など二度と巡《めぐ》ってこないと分かっていたからだ。こうして二週間は瞬《また》く間《ま》に過ぎていった。

※

帝国暦《ていこくれき》四三二年六月 上旬《じょうじゅん》 昼――クロノは視線を巡らせながら商業区の洗練された街並みを進む。一人ではない。レイラも一緒だ。救貧院《きゅうひんいん》に用があり、ついでに街の視察をしようと侯爵邸《こうしゃくてい》を出た所でばったりと出くわしたのだ。レイラは偶然《ぐうぜん》と言っていたが、非番の日にわざわざ侯爵邸に来ているのだ。嘘《うそ》であることは明白だ。クロノが神聖アルゴ王国に行くまでの間、少しでも一緒にいたいと思ってくれているのだろう。先日の夜伽《よとぎ》でいつになく積極的だったのがその証左だ。もっとも、それはレイラに限った話ではない。皆いつになく優《やさ》しく積極的なのだ。

死ぬと思われてるのかな？　と思わないでもないが、皆が優しく積極的なお陰《かげ》で寝不足《ねぶそく》気味だ。生きて帰るぞと牙《きば》の首飾《くびかざ》りを握り締《し》めたその時、レイラが口を開いた。

「クロノ様、どうかなさったんですか？」

「い、いや、何でもないよ」

クロノは牙の首飾りから手を放し、改めて視線を巡らせた。どれだけ慎重《しんちょう》に行動しても情報は漏《も》れるものだ。神聖アルゴ王国の王室派を支援《しえん》する件もいくらかは漏れているに違いない。にもかかわらずハシェルはいつも通りだ。

「ハシェルは平和だね」

「はい……」

クロノがしみじみと呟くと、レイラは頷《うなず》いた。少しだけ違和感《いわかん》を覚える。

「気になることでも？」

「はい、少しだけ……」

クロノの問いかけにレイラは口籠《くちご》もりながら答えた。歩調を落として商業区を進む。ややあって、レイラが意を決したように口を開く。

「ハシェルの領民は当事者意識が欠けているのではないかと」

「当事者意識？」

「はい、いえ、当事者意識が欠けているというのは私の推測なのですが……」

クロノが鸚鵡返しに呟くと、レイラは口籠もりながら言った。

「あくまで私がこう感じたというレベルなのですが、シルバートンの商人や傭兵《ようへい》、開拓村《かいたくむら》の方々は何と言えばいいのかそわそわしているように感じられました」

「何処《どこ》に違いがあるのか考えて当事者意識に辿り着いた？」

「はい……」

「商人にとっては儲《もう》け話、傭兵にとっては命懸《いのちが》けの仕事、ミノさんのお父さん達はよく分からないけど……」

レイラが気恥《きは》ずかしそうに頷き、クロノはそわそわしている理由を口にしてみた。ふと芳《こう》ばしい匂《にお》いが鼻腔《びこう》を刺激《しげき》する。露店《ろてん》で作っている料理の匂いだろう。商業区を抜《ぬ》け、露店の立ち並ぶ広場に出る。商業区同様、広場も賑《にぎ》わっているようだ。立ち止まり、視線を巡らせる。

「皇女殿下《でんか》ですか？」

「ん？　神官《しんかん》さんが露店を出してるんだけど、儲かってるか気になって」

「神官さん……、あそこでは？」

レイラが小さく呟き、広場の一角を指差す。そこでは二人の女性が木箱《きばこ》に座って向き合っていた。一人は神官さん、もう一人はティリアだ。

「いい予感がしない」

「ですが、あそこを通らなければ救貧院には行けません」

「仕方がないか」

クロノは溜息《ためいき》を吐《つ》き、足を踏み出した。神官さんの店が近づくにつれ、詳細《しょうさい》が明らかになる。『人生相談・銀貨一枚ポッキリ』という看板を掲《かか》げているので当然といえば当然だが、ティリアは神妙《しんみょう》な面持《おもも》ちで神官さんに話《はな》し掛けている。二人の会話が聞こえているのか、レイラはぴくぴくっと耳を動かしている。やがて、クロノの耳にも二人の会話が聞こえてきた。

「――という訳なんだ。私は愛されているのだろうか？」

「うむ、お主は愛されとるぞ！　押《お》して押して押しまくるんじゃッ！」

「割と深刻そうなお悩《なや》みに雑回答してる⁉」

クロノが思わず叫ぶと、ティリアと神官さんが振り返った。

「クロノ⁉　どうして、こんな所にいるんだッ？」

「それはこっちの……」

台詞だよ、と言いかけてクロノは口籠もった。

「何故《なぜ》、黙る？」

「ティリアが広場にいるのは予想の範囲内《はんいない》かなって。神官さんに人生相談してたのは意外だったけど」

「失礼な。私にだって悩みくらいある」

「いや、でも、ティリアってストレスフリーな生活を送ってるし、そもそも割とぽんこつな所がある神官さんに人生相談すること自体が悪手というか」

「「言い方ッ！」」

クロノがごにょごにょと言うと、ティリアと神官さんが同時に突っ込んできた。プッという音が響く。音のした方を見ると、ローブを目深《まぶか》に被《かぶ》った占い師《うらなし》がいた。よく分からないが、彼女《かのじょ》の笑いのツボに入ったようだ。プッという音が聞こえたのか聞こえなかったのかティリアが腕《うで》を組み、ぷいっと顔を背《そむ》ける。

「大体、誰《だれ》のせいで相談することになったと思ってるんだ」

「もしかして、僕《ぼく》のせい？」

「もしかしなくても、お前のせいだ！　お前も相談内容を聞いてただろ!?」

「うん、まあ、『私は愛されているのだろうか？』って言ってたね」

ティリアが声を荒らげ、クロノは頬《ほお》を掻きつつ答えた。

「で、どうなんだ？　お前は私を愛しているのか？」

「僕なりに愛してるつもりだよ」

「そ、そうか」

正直な気持ちを答える。すると、ティリアは嬉《うれ》しさ半分気恥ずかしさ半分という感じの表情を浮かべた。神官さんが呵《か》々《か》と笑う。

「若いもんは初々しくていいのぅ。ところで、お主に聞きたいことがあるんじゃが？」

「何でしょう？」

神官さんが身を乗り出して言い、クロノは体を傾《かたむ》けながら問い返した。

「なんで、お主は体を傾けとるんじゃ？」

「お構いなく」

「構うわい！」

そう言って、神官さんは背筋を伸ばした。クロノも姿勢を正す。

「質問は以上で？」

「これからに決まっとるじゃろ」

クロノが尋《たず》ねると、神官さんは呆れたように言った。ごほん、と咳払《せきばら》いをする。

「お主、愛とは何じゃと思う？」

「……」

クロノは答えない。すると、神官さんは小さく溜息を吐いた。

「やはり、答えられんか」

「いきなり宗教の人に質問されたので身構えてしまって」

「もう少し歯に衣《きぬ》を着せて話さんか」

言葉とは裏腹に神官さんは嬉しそうだ。

「それで、愛とは何じゃと思う？」

「それって宗教の人に満足してもらえるような回答をしろってことですよね？」

「そうじゃけど……、何か、こう、もうちょっと言い方ってもんがあるじゃろ」

「昔読んだ漫、もとい、本に書いてあったんですけど……」

うむ、と神官さんは頷く。

「愛とは罪を犯《おか》すことなんだそうです」

「ほぅ、罪とな。それで、お主も罪を犯すことだと考えとるんか？」

「いえ、あまり信心深い方ではないので。それに、『はい』と答えても『いいえ』と答えても神官さんの——愛の本質とは何かという問いかけに答えたことにはならないと思うんですよね」

ほぅ、と神官さんは感心したような声を上げた。

「まず愛と言われてパッと思い付くのは男女の愛なんですけど、別に男女じゃなくても愛は成立しますよね？」

「うむ、親子間でも成立するし、兄弟姉妹《しまい》の間でも、友人同士でも成立するの」

「そうですね。でも、共通する要素をピックアップしても罪を犯すことには繫《つな》がらないと思うんです。そこで、発想を変えます」

「ふむ、どう変えるんじゃ？」

「えっと、話が前後するんで恐縮《きょうしゅく》なんですけど、『愛とは罪を犯すこと』としているのは愛し足りることがないかららしいんです。つまり、愛し足りる——完璧《かんぺき》な愛とは何かという観点に立ちます」

ほ～、と神官さんは興味深そうな声を上げる。

「といっても完璧な愛——人間の上位互換《ごかん》な愛なんてのは神様しかいない訳で。必然、神の愛とは何かって話になりますよね？　でも、僕は神様の声を聞いたことがないし——」

「私は神の声を聞いたことがあるし、いつも神の存在を感じてるぞ？」

「……」

ティリアに言葉を遮られ、クロノは黙《だま》り込んだ。

「まあ、ティリアの話は置いておいて……」

「どうして、私の話を置いておくんだ？」

「それを言い出したら話の前提が変わっちゃうからだよ」

ティリアが拗《す》ねたような口調で言い、クロノは溜息交じりに説明した。

「僕は神様の声を聞いたことがないし、何かをしてもらったこともない。でも、神を信仰《しんこう》した瞬間《しゅんかん》に僕は神に愛されていることになる。では、何を以《もっ》て僕は神に愛されているとするのか？　それは僕の存在——僕が今ここにいることが神の愛なんです。つまり、愛の本質とは存在の肯定《こうてい》です。そう考えると、罪の内容が具体的になりますよね？　人間は関係性の中で、しかも行動を通してしか愛を成立させることができない。神のそれに比べてあまりにも不完全。にもかかわらず愛を全《まっと》うすることができない。愛する人を失った時に胸を張って愛しきったと言える人はいないんですから」

クロノはそこで言葉を句切った。それでも、と続ける。

「人は人を愛さずにはいられない。まあ、僕にはむしろこっちの方が罪深いというか、業が深いように感じられますね。誰にも責められることがない代わりに誰からも許してもらえない罪……ゆえに業です」

おーッ！　とレイラ、ティリア、神官さんの三人が手を打ち鳴らした。周囲の人々がこちらに視線を向けるが、すぐに興味を失って視線を逸《そ》らす。

「とこんな感じですが、どうでしょう？」

「うむ、ワシもそう思っとる。もっと言えば神の役割はその程度でいいのではないかとな。それにしても、ワシが長い時間掛けて辿り着いた真理に二十歳《はたち》そこそこで辿り着くとは空恐ろしいヤツじゃ」

いや～、とクロノは頭を掻いた。手探《てさぐ》りで辿り着いた神官さんに言われるとカンニングしているような居心地《いごこち》の悪さがある。だが、元の世界では披露《ひろう》する機会のなかった考察を誉められて悪い気はしない。

「僕からも質問いいですか？」

「うむ、構わんぞ」

神官さんが鷹揚《おうよう》に頷き、クロノは咳払いをした。

「人生相談って儲かります？」

「この流れでそれか」

神官さんは呻くように言った。

「それで、儲かってるんですか？」

「まあ、ぼちぼちじゃな」

「意外に需要《じゅよう》があるんですね」

「うむ、『姉ちゃん、いくら？』と――」

「レイラ、神官さんを詰め所にしょっ引《ぴ》いて」

「なんで、詰め所にしょ《しょ》っ引くんじゃ!?」

クロノが言葉を遮って言うと、神官さんは慌《あわ》てふためいた様子で言った。クロノは溜息を吐き――。

「売買春をしていいのは認可《にんか》を受けた娼館《しょうかん》だけです」

「まあ、話は最後まで聞け。確かに『姉ちゃん、いくら？』と声を掛けられたが、ワシはこの身を委ねてはおらん」

「本当ですか？」

「本当じゃや。値段が折り合わんくてな」

「十分、詰め所案件だと思います」

神官さんがやれやれと言わんばかりに肩《かた》を竦め、クロノは溜息交じりに突っ込《こ》んだ。

「参考までにいくらを提示したんですか？」

「クロノ、領主が法を破るのは感心しないぞ」

参考までに尋ねると、ティリアから突っ込みが入った。

「参考までに聞いてるだけだから」

「本当か？」

「神に誓《ちか》って本当です」

クロノが手を上げて言うと、ティリアは渋《しぶ》い顔をした。さっき信心深い方ではないと言ったくせに。そんな気持ちが伝わってくるようだ。

「それで、いくらなら売るって言ったんですか？」

「うむ、神殿《しんでん》を寄贈《きぞう》してくれたらこの身を委ねてもいいと言ったら『イカれてんのか？』と地面に唾《つば》を吐かれた。ワシ、こんな暴言を吐かれたの初めてでなんじゃけど……」

クロノが改めて尋ねると、神官さんはしょんぼりとした様子で言った。長生きしている割にメンタルは人並みなんだなと思わないでもない。

「じゃ、僕は行くんで」

「何処に行くんだ？」

その場を立ち去ろうとすると、ティリアに呼び止められた。

「救貧院だよ」

「ならば私も一緒《いっしょ》に行こう」

そう言って、ティリアは木箱から立ち上がった。その場で軽くストレッチをする。

「遊んでてもいいんだよ？」

「私もできれば遊びたいが、そろそろ留守を預かる準備をしなければならないからな。ん？　何だ、その顔は？」

「ようやくやる気になってくれたんだね」

「ようやくは余計だ」

クロノがしみじみと言うと、ティリアはムッとしたように返してきた。

※

クロノ達が救貧院に着くと、受付の職員が掲示板《けいじばん》の前で暇《ひま》そうにしていた。クロノ達に気付いたのだろう。こちらに向き直る。

「お疲《つか》れ様《さま》。入ってもいい？」

「ええ、もちろんです」

「じゃ、遠慮《えんりょ》無く」

職員に声を掛けて救貧院の扉《とびら》を開け、足を止める。救貧院のホールは板で区切られ、細い通路が奥《おく》に伸びているのだが、そこにエルフの子どもが一列に並んでいた。人数は十人くらいだろうか。いい予感はしない。というのも子ども達が怯《おび》えているように見えたからだ。それだけではなく、死んだ魚のような目をした子どももいる。さらに何処《どこ》からか嗚咽《おえつ》が聞こえる。

「これは……」

思わず呟いたその時、奥からシオンとディノがやって来た。二人はクロノの前で立ち止まると、ぺこりと頭を下げた。ディノが口を開く。

「よく来てくれた」

「そりゃ、相談があるなんて言われたら……。それでどんな相談なの？」

子ども達に関係することだろうけど、と半ば答えを予想しながら尋ねる。

「我々の忠誠を示すためにこの子達を兵士にしたい」

「……」

口減らしが目的だよね？　と思ったが、口にはしない。というかできない。ディノ達の自尊心を守るためでもあるが、そんなことを口にしたら子ども達が傷付く。

「分かった。忠誠の証としてこの子達の面倒《めんどう》は僕が——というか、救貧院で見るよ。その後は帝都の新兵訓練所で訓練をして僕の領地に配属されるように手続きをするって流れになる」

「それで構わない」

またピスケ伯爵《はくしゃく》にお願いする感じかな？　それともアルコル宰相《さいしょう》にお願いした方がいいのかな？　と考えながら視線を巡らせる。ある少女が目に留《と》まる。死んだ魚のような目をした少女だ。

「あの子は？」

「シャウラだ。他の集落から逃《に》げてきた」

「そうなんだ」

ディノの説明を受け、クロノは少女——シャウラに歩み寄った。立ち止まると、びくっと体を強《こわ》ばらせる。膝《ひざ》を屈《かが》め、目線の高さを合わせる。

「やあ、シャウラ。こうして話すのは初めてだね。元気かい？」

「……」

クロノが尋ねると、シャウラは間を置いて頷いた。

「君が帰ってくるのを待ってるからね」

「待って、る？」

「うん、待ってる」

シャウラを安心させようと微笑《ほほえ》む。すると、彼女は微笑み返してきた。ややぎこちない微笑みだが、関係の浅さを考えれば上出来だ。ますます死ねなくなったな、とシャウラの頭を撫でたその時――。

『クロノ様、レオンハルト殿《どの》が来たでござる』

腰《こし》のポーチからタイガの声が響《ひび》いた。ごめんね、とシャウラに言って腰のポーチから通信用マジックアイテムを取り出す。

「こちら、クロノ。来たのはレオンハルト殿だけ？」

『騎兵《きへい》が三十騎《さんじゆつき》ほどいるでござる』

「分かった。すぐに行く」

クロノは通信用マジックアイテムをポーチにしまい、シオンとディノを見た。

「仕事が入ったから――」

「こちらの用件は済んだので構わない」

「そう言ってくれると助かるよ」

ディノが言葉を遮《さえぎ》って言い、クロノは苦笑《くしよう》した。振り返り、ティリアに視線を向ける。

「ティリアも一緒に来る？」

「『も』の部分に引っ掛かりを覚えるが、私も行くぞ」

「大丈夫？　レオンハルト殿と顔を合わせることになるけど、気まずくない？」

「ん～、思う所がない訳ではないが……。頭を踏まれた訳ではないしな」

ティリアは考《かんが》え込むような素振りを見せた後であっけらかんとした口調で言った。

「それに、私が一緒に行けば騎兵達《きへいたち》に一目置いてもらえるはずだ」

「そんなに上手《うま》くいくかな？」

「やるだけなら懐《ふところ》は痛まん」

「まあ、そういうことなら」

クロノは納得《なっとく》して足を踏み出した。

※

城門の前には大勢の人々が集まっていた。タイガ達が誘導《ゆうどう》しているので馬車が動けなくなるような事態には陥《おちい》っていないが、時間の問題だろう。クロノはレイラとティリアを引き連れ、城門に向かった。タイガ達がこちらに気付いて敬礼をしようとするが、クロノは手で制した。誘導に専念して欲しいという思いからだ。意を汲《く》んでくれたのだろう。タイガは小さく頷き、誘導に専念する。

クロノ達は人を避《さ》けながら城門を出た。視線を巡らせる。幸いというべきか、レオンハルト達はすぐに見つかった。レオンハルト達は城門からやや離《はな》れた所にいた。クロノが歩み寄ると、レオンハルトが馬から下り、彼《かれ》の部下も馬から下りた。

「お、おい、あれは皇女殿下じゃないか？」

「どうして、こんな所に？」

「そういえば転地療養《りょうよう》のために帝都を離れたと聞いた覚えが……」

「皇女殿下を預かるなんて……」

「それだけ高く評価されてるってことだ」

「疑ってた訳じゃないが、今回の作戦は……」

「ああ、帝国の未来を左右する作戦に違いない。道理で条件が破格なはずだ」

どうやらティリアの思惑《おもわく》通り一目置かれることに成功したようだ。クロノは胸を張り、レオンハルトの前で立ち止まった。

「久しぶりだね、クロノ殿」

「レオンハルト殿もお変わりないようで」

レオンハルトが手を差し出し、クロノは彼の手を握《にぎ》り返した。

第五章『商隊』

帝国暦四三二年六月 中旬《ちゅうじゅん》 昼過ぎ——クロノは一メートルほどの段差を乗り越《こ》え、周囲を見回した。そこは原生林にある切り立った崖《がけ》の上だ。原生林なので当然といえば当然だが、眼下は見《み》渡《わた》す限り植物で覆《おお》われている。

進行方向に視線を向ける。すると、巨大《きょだい》な背負子《しょいこ》を背負ったリザードマンが列を成して道を進んでいた。シナー貿易組合に所属するリザードマン達《たち》だ。その傍《かたわ》らには護衛を務める傭兵達《ようへいたち》の姿がある。さらに視線を前方に向ける。列の先頭にはシフとレオンハルトの姿がある。今度は視線を後方に向ける。こちらでも巨大な背負子を背負ったリザードマンが列を成している。最後尾《さいこうび》にいるのはミノ、シロ、ハイイロ、フェイの四人だ。原生林には蛮刀狼《ばんとうおおかみ》などの猛獣《もうじゅう》が生息しているが、これならば前後からの襲撃《しゅうげき》に対応できるだろう。

そんなことを考えていると——。

「クロノ、手を貸してくれないかな?」

声が聞こえた。声のした方——下を見ると、リオがこちらを見上げていた。ちなみに彼女は軍服を着ていない。傭兵ギルドの一員と言い張るため長袖《ながそで》長ズボン姿だ。ちなみにそれはクロノ達——クロノ、ミノ、シロ、ハイイロ、フェイ、レオンハルトも同じだ。服装の件はさておき、リオならばこれくらいの段差軽く乗り越えられそうだが——。

「どうぞ」

クロノは手を差し伸べた。こういうことは理屈《りくつ》ではないのだ。ありがとう、とリオはクロノの手を握り返し、難なく段差を乗り越えた。神官《しんかん》さんが段差の前に来て、こちらを見上げる。

「ワシにも手を貸してもらえんかの？」

「どうぞ」

「すまんのぅ」

神官さんはクロノの手を握り返し、ぐいっと手を引いた。段差から落ちそうになるが、何とか踏《ふ》み止《とど》まる。

「神官さん、少しは遠慮して」

「すまんすまん」

そう言って、神官さんは段差を登った。シオンに手を伸ばす。

「シオンさんも」

「い、いいえ、大丈夫です」

シオンはクロノの申し出を固辞し、段差をよじ登った。その拍子《ひょうし》に太股《ふともも》が露《あら》わになったが、仕方がない。これはシオンが望んだことなのだから。

「あら、私には手を貸してくれないの？」

「……」

エレインの声が響き、声のした方を見る。すると、段差の手前に赤みがかった鱗《うろこ》のリザードマンが立っていた。リザードマンのマンダだ。マンダがエレインの声で喋《しゃべ》った訳ではない。肩の辺りを見る。そこには頭——といっても背中合わせになる形で背負われているのでクロノに見えるのは後頭部だが——があった。マンダに背負われたエレインが声を掛《か》けてきたのだ。

「……手」

「む、無理」

マンダが手を差し出してくるが、クロノは後退《あとずさ》った。神官さんが前に出る。

「ほれ、ワシが手を貸してやる」

「……感謝」

マンダが神官さんの手を握り返し、ぐいっと引っ張る。だが、神官さんは小揺《こゆ》るぎもしない。マンダが段差を乗り越え、歩き出す。コントに出てくる探検家のような服を着たエレインと目が合う。彼女はだらしないわねと言わんばかりの表情を浮《う》かべている。

「まったく、だらしないのぅ。あれくらい支えられずにどうするんじゃ」

「うるせぇ、人外。あんな相撲取《すもうと》りみたいなの支えられるか」

「突然《とつぜん》の暴言!?」

クロノがイラッとして言い返すと、神官さんは素《す》っ頓狂《とんきょう》な声を上げた。

「手助けしてやったんじゃから――」

「……」

「無視か!? 無視なんかッ? ワシ、何か悪いことしたんか?」

クロノが無視して歩き出すと、神官さんはちょこまかと付いてきた。ふふ、といつの間にか隣を歩いていたリオが笑う。

「そんなに僕の非力がおかしいですか?」

「いや、そうじゃないよ」

「じゃあ、なんで笑ったの?」

「クロノの前じゃ神人も形無しだと思ったのさ」

リオは軽く肩を竦《すく》めて言った。神人ね、とクロノはリオの反対側を歩く神官さんに視線を向ける。おっぱいがゆさゆさと揺《ゆ》れている。ゆさゆさと揺れるおっぱいを見ているとささくれだった気持ちが和《やわ》らいでいく。どうして、人間は争うのだろう。この気持ちを共有できれば戦争なんて――。

そんなことを考えていると、ぺしっと頭を叩《たた》かれた。リオに向き直る。

「そんなに大きなおっぱいが好きかい？」

「小さなおっぱいも好きです」

「そう……」

クロノが即答《そくとう》すると、リオは困ったような表情を浮かべた。道なりに進む。

「別に人間扱《あつか》いでいいと思うんだけどな～」

「どうして、そう思うんだい？」

「どうしてって……、えっと、これは僕の考察なんだけど――」

リオに問いかけられ、クロノは六柱神《ろくちゅうしん》と神人に関する考察を語った。

「進化の話といい、今回の話といい、クロノは本当に面白《おもしろ》いことを考えるんだね」

「面白いだけで正しいかどうか分からないけどね」

「だったら直接聞いてみればいいんじゃないかな？」

「直接、ね」

クロノは小さく呟き、神官さんに視線を向ける。すると、神官さんが興奮した面持ちでこちらを見ていた。

「僕の考察はどうでしたか?」

「お主……」

クロノが尋ねると、神官さんは低く押し殺したような声で言った。嫌《いや》な予感がする。これは生かしてはおけないみたいな流れだろうか。冷たい汗《あせ》が背筋を伝う。お主、と神官さんが再び低く押し殺したような声で言い、クロノはごくりと喉《のど》を鳴らした。

「お主、出家して神官にならんか?」

神官さんがあっけらかんとした口調で言い、クロノはホッと息を吐《は》いた。

「もしかして、スカウトですか?」

「もしかしなくてもスカウトじゃ。この前の愛の本質に関する考察といい、今の六柱神に関する考察といい、お主には大神官になれる器《うつわ》がある。ワシには分かる」

「誘《さそ》ってもらったのに申し訳ないんですけど、僕は俗世《ぞくせ》に未練たらたらなんで」

「そうか。お主ならワシの跡《あと》を継《つ》げると思ったんじゃが……」

神官さんが溜息交じりに言ったその時、何かが手に触《ふ》れた。リオがいる方の手だ。向き直ると、リオが訝《いぶか》しげな表情を浮かべていた。

「愛の本質って何のことだい？」

「ああ、愛の本質っていうのは――」

「存在の肯定か」

クロノが愛の本質について説明すると、リオは神妙な面持ちで呟いた。彼女は両親に愛されず――存在を肯定してもらえずに苦しんでいたので思う所があるのだろう。沈黙《ちんもく》が舞《ま》い降《お》りる。重苦しい沈黙だ。重苦しい雰囲気《ふんいき》を吹《ふ》き飛ばすべく口を開く。

「そう考えると、舞踏会《ぶとうかい》翌日の出来事が可愛《かわい》らしく感じるね」

「クロノが怯えるボクを組《く》み敷《し》いて初めてを奪《うば》おうとした件だね」

「リオが僕をベッドに組み敷いて刻み殺そうとした件だよ」

「ああ、そんなこともあったね」

すかさず突《つ》っ込むと、リオはしれっと言った。

「それがどうかしたのかい？」

「まあ、あれに限らないんだけど、リオが『ここにいさせてくれる？』、『ここにいてもいいの？』って問いかけていると考えるとすごく可愛い感じになるなって」

「――ッ！」

リオが息を呑《の》み、そっと顔を背ける。恥《は》ずかしさからだろう。耳だけではなく、首筋まで真っ赤になっていた。

※

夕方――クロノ達は原生林を進む。シフ達が頑張《がんば》って整備してくれたのだろう。親征の時に使った間道と同じか、それ以上に歩きやすい。

「皆《みんな》、健脚《けんきゃく》だな～」

「レオンハルト様は分かりやせんが、他の連中は動き回るのが仕事みたいな所がありやすからね。そりゃ健脚にもなりやすぜ」

クロノが列の最後尾でしみじみと呟くと、ミノが苦笑交じりに応じた。

「マンダに背負われてるエレインさんは例外として……、一番足腰《あしこし》が弱いのは僕か」

「クロノ様には領主の仕事があるんで仕方がありやせん。かくいう、あっしも最近は現場を遠ざかってるんで体力の低下を痛感してやす」

「……そうなんだ」

クロノはやや間を置いて頷《うなず》いた。ちらりとミノに視線を向ける。ミノは身《み》の丈《たけ》を超《こ》えるポールアクスを担《かつ》いでいる。嘘《うそ》吐《つ》きと思ったが、口にはしない。優《やさ》しい嘘を吐いてくれたのだ。厚意《こうい》を無下にする訳にはいかない。不意に風が吹き抜《ぬ》ける。フェイがクロノを追い抜いたのだ。少し離れた場所で跪《ひざまず》く。

「クロノ様、どうぞであります！」

「念のために聞くけど、何のつもり？」

「もう歩けないということなのでおんぶしようと思ったのであります！」

立ち止まって尋ねると、フェイは大きな声で答えた。

「いや、いいよ」

「何故でありますか⁉　このままでは『必ず追いつくから先に行ってくれ』みたいな展開になってしまうであります！」

「クロノ様、大変！　俺《おれ》、背負うッ！」

「俺も、俺も！」

再び風が吹き抜ける。シロとハイイロがクロノを追い抜いたのだ。二人が跪こうとすると、フェイが立ち上がった。びっくりしたのか、シロとハイイロが動きを止める。

「クロノ様は私が背負うであります！」

「クロノ様、俺、背負う！」

「俺、俺、背負う！」

何故か、三人は言い争いを始めた。

「大将は好かれてやすね」

「それはありがたいんだけど……」

ミノが眩《まぶ》しそうに目を細めて言い、クロノは口籠《くちご》もった。

「俺達《おれたち》、先輩《せんぱい》！」

「付き合い、長い。俺達、背負う」

「ぐッ、いきなり先輩風《せんぱいかぜ》を吹かせるとは……」

シロとハイイロが胸を叩いて言うと、フェイは口惜《くや》しげに呻《うめ》いた。そして——。

「それを言うなら私はクロノ様の愛人であります！」

フェイは胸を張って言った。だが、恥ずかしいのか耳まで真っ赤になっている。

「「俺達ッ！」」

「私でありますッ！」

三人が睨《にら》み合う。しかし、睨み合いは長く続かなかった。突然、シロとハイイロがこちらに向き直り、手の平でクロノを指し示した。

「分かった。俺、先輩。後輩《こうはい》、譲《ゆず》る」

「後輩、クロノ様、背負う」

「合点《がってん》しょ――って、いつの間にか格下扱いされてるであります！」

シロとハイイロが鼻を鳴らして言い、フェイが大声で叫《さけ》んだ。

「三人とも漫才《まんざい》はいいから」

「あ、漫才でありますか。そうでありますか」

「「……」」

クロノが溜息《ためいき》交じりに言うと、フェイは胸を撫《な》で下ろした。だが、シロとハイイロは無言だ。フェイがシロとハイイロを見る。

「漫才でありますよね？」

「「……漫才」」

フェイがおずおずと尋ねると、シロとハイイロはやや間を置いて答えた。そのまま列の最後尾に移動する。

「ぐぅ、おんぶする権利と引き替《か》えに禍根《かこん》を遺《のこ》してしまったであります！　しかし、今がよければよかろうなのであります！　クロノ様、私の――」

「いや、おんぶしなくていいから」

「――ッ！」

クロノが言葉を遮ると、フェイはぎょっと目を剥《む》いた。

「おんぶしなくていいのでありますか？」

「元々、様子が気になって最後尾に来ただけだし」

「最後尾の様子が気になっただけでありますか、そうでありますか」

クロノが最後尾に来た理由を口にすると、フェイはがっくりと肩を落とした。こちらに背を向け、とぼとぼと歩き出す。

「悪いことしちゃったかな？」

「ちっとばかり気の毒だと思いやすが、必要のないことをやって最高戦力の一角が消耗《しょうもう》する方が問題だと思いやすぜ」

「それもそうだね」

ミノさんの言う通りだ、とクロノは再び歩き出した。

「ところで、最後尾の様子はどう？」

「あっしの気のせいかも知れやせんが、見られてる気がしやすね」

「蛮刀狼かな？」

「その可能性はありやすが、分からないってのが正直な所でさ」

「森の中だもんね。でも、フェイが反応してないってことは敵意はないのかな？　ああ、いや、人間の感覚で考えても仕方がないか」

「何にせよ、警戒《けいかい》するに越したこたありやせん」

「そうだね」

領いたその時、視界が一気に開けた。野営地に出たのだ。野営地といっても小屋などが建てられている訳ではない。更地《さらち》、いや、切り株や丸太が残っているので、ある程度片付けられた伐採地《ばっさいち》という感じだ。

傭兵達は野営の準備を始めている。シフは黙って監督《かんとく》しているだけだが、各々《おのおの》が役割を把握《はあく》しているのだろう。天幕を張ったり、火を起こしたり、食事の準備を始めたりしている。やはり、手際《てぎわ》がいい。クロノの部下――古参兵に勝るとも劣《おと》らない手際のよさだ。リザードマン達は荷物を下ろし、野営地の隅《すみ》の方で休んでいる。クロノはリザードマンの集団から少し離れた場所にマンダがいることに気付いた。マンダのもとに向かう。こちらに気付いたのだろう。マンダは舌を出し入れするのを止め、立ち上がった。

「やあ、マンダ。元気？」

「……元気」

マンダは間を置いて答えた。リザードマン特有のテンポに思わず笑《え》みがこぼれる。

「エレインさんの所はどう？　よくしてもらってる？」

「……」

マンダはやはり間を置いて頷いた。内心胸を撫で下ろす。報告は受けているものの、本人の口から聞くと安心する。

「……いい人」

「いい人？」

「……」

クロノが鸚鵡《おうむ》返しに呟くと、マンダは無言で頷いた。上手くやれているのなら言うことはない。そう思いながらもう一方——エレインからも話を聞きたいと考えている自分がいる。エレインさんは……、と視線を巡《めぐ》らせる。幸い、野営地がそれほど広くないこともあってすぐに見つけられた。エレインは野営地の中心付近にある丸太に座《すわ》っていた。シオンと神官さんも一緒だ。ちなみにリオは三人から離れた場所にある丸太に座っている。その隣《となり》にはレオンハルトの姿もある。エレインのもとに向かう。

「あら？　遅《おそ》かったのね」

「ミノさんと情報交換《こうかん》をしてたので」

そう、とエレインが素っ気なく応じる。他に座る所は？　とクロノは視線を巡らせ、別の丸太がエレイン達の座る丸太と平行に置かれていることに気付いた。ただの伐採地のように見えたが、色々と考えているのかも知れない。よっこらせ、とクロノは丸太の中央付近に座った。ややあって、エレインが小さく溜息を吐く。

「やっぱり、デスクワークばかりだと鈍《なま》るわね」

「その発言は自身に対するものですか？」

「私達に対するものよ」

クロノが真意を問い質《ただ》すと、エレインはムッとしたような口調で答えた。もっとも、彼《か》女《の》が本当にムッとしているかは分からないが——。

「そういえばマンダ達と上手くやれてますか？」

「三十点ね」

「いきなりの低評価ッ！」

エレインが指を三本立てて言い、クロノは思わず声を張り上げた。くすッという音が響く。シオンが笑ったのだ。

「低評価の理由は？」

「話の切り出し方が唐突《とうとつ》だからよ。こういう時はまず世間話から入るべきだわ」

「世間話から入ったら『結論から言って』って言うくせに」

「失礼ね。そんなこと言わないわよ」

本当かな？　と思ったが、口にはしない。

「それで、マンダとは上手くやれてますか？」

「もちろんよ」

エレインは自信満々で言い放った。

「代官様にも申し上げたけれど、マンダ達を雇《やと》って本当によかったわ。私、無口な働き者って大好き」

エレインはにっこりと微笑んだ。ある意味、相思相愛なのだから安心すべきだろう。だが、どうしてだろう。不安になるのは。

「クロノ様のお陰《かげ》で防寒対策さえすればリザードマンが冬も働けるって分かったし、新しくリザードマンの奴隷《どれい》を購にゅ、もとい、新たに従業員を雇い入れたわ」

「そんなに従業員を雇って大丈夫《だいじょうぶ》なんですか？」

「シナー貿易組合で扱う商品の総量が増えてないのに従業員を増やして収益を圧迫《あっぱく》しないのかってことね」

「そうです」

エレインの言葉にクロノは頷いた。そこまで考えていた訳ではないが、折角《せっかく》説明してくれたので流れに身を任せることにする。ふふ、とエレインが不敵に微笑む。

「うちに仕事がなくても他所には仕事があるのよ」

「なるほど、仕事がない時にリザードマンを労働力として貸し出すってことですね」

「よく分かるわね」

「シルバートンには傭兵《ようへい》ギルドの支部がありますからね。領主としてこれくらいは」

エレインが感心したように言い、クロノは苦笑した。ちなみにエレインが言わんとしていることをすぐに理解できたのは元の世界で非正規雇用《こよう》——派遣《はけん》やアウトソーシングについて知る機会があったからだ。

「奴隷を購入《こうにゅう》してもパフォーマンスを発揮させるにはお金が掛かるってことですね」

「まあ、そんな感じね。お金を惜《お》しむ連中のお陰で新しい商売を始められたし、組合の影響力《えいきょうりょく》も増してる。あとは今回の仕事を成功させるだけ。がっつりいくわよ、がっつり」

「商魂逞《しょうこんたくま》しいな～」

エレインが拳《こぶし》を握り締《し》めて言い、クロノは溜息交じりに呟いた。これが素なら面白いお姉さんなのだが——。ふとあることに気付く。

「エレインさん、レオンハルト殿に——」

「レオンハルト殿がどうかしたのかい？」

いつの間にやって来たのか。リオは言葉を遮って言うとクロノの隣に腰を下ろした。そのましな垂れ掛かってくる。その時、昼過ぎにした会話を思い出した。リオが『ここにいてもいいの?』と問いかけている。そう考えると、この可愛い生き物は何だという気分になって相好が崩《くず》れてしまう。ふふ、とエレインが笑う。

「結婚式《けっこんしき》には呼んで頂戴《ちょうだい》ね」

「結婚式か」

鸚鵡返しに呟いた次の瞬間《しゅんかん》、悪寒《おかん》が背筋を駆《か》け抜けた。視線を落とす。すると、リオが上目遣《うわめづか》いにこちらを見て——いや、睨んでいた。

「ど、どうかしたの?」

「ボクは形式に拘《こだわ》るつもりはないんだけど、思い出の一つくらいは欲《ほ》しいなって」

「うん、まあ、僕《ぼく》もできるだけ思い出作りに付き合いたいな〜って思ってるけど……」

「けど?」

リオが目を細める。可愛い生き物から一転して怖《こわ》い生き物になってしまった。

「実は南辺境で結婚式というか、スーの輿入《こしい》れを経験しておりまして」

「ふ〜ん、それで?」

「結婚式って何回もやっていいのかなって」

「ん〜、何回やってもいいんじゃないかな? 二人はどう思う?」

リオは小首を傾《かし》げ、シオンと神官さんに視線を向けた。

「結婚式は何回までＯＫだい？」

「…………回数の規定はなかったと思います」

リオがにっこりと笑って問いかけ、シオンはかなり間を置いて答えた。やはりというべきか、空気を読んだようだ。

「神官さんはどう思うんだい？」

「どうと言われても困るのぅ」

リオが答えを催促《さいそく》すると、神官さんは難しそうに眉根《まゆね》を寄せて言った。

「神聖アルゴ王国は一夫多妻制なんですか？」

「基本的に一夫一妻制じゃぞ。ただ、まあ……」

神官さんはクロノの質問に答えると腕《うで》を組んだ。う〜ん、と唸《うな》る。

「漆黒《しっこく》にして混沌《こんとん》を司《つかさど》る女神《めがみ》はまつろわぬもの——世の中で爪弾《つまはじ》きにされとる連中の守護者ってことになっとるからのぅ。ワシの立場的に重婚駄目《じゅうこんだめ》絶対と言うのは厳しいんじゃよな〜。ま、甲斐性《かいしょう》があればいいんじゃないかの」

「そんな適当でいいんですか？」

「うちは懐の深さを売りにしとるからいいんじゃ」

むふ、と神官さんは胸を張って言った。ややあって、エレインがこちらを見る。

「ところで、さっきは何て言おうとしたの？」

「さっき？　ああ、レオンハルト殿に挨拶《あいさつ》しないのかなって」

「挨拶ならしたわよ。『シナー貿易組合のエレイン・シナーです』って」

「本当にただの挨拶じゃないですか」

「今はこの仕事に専念したいのよ」

　そう言って、エレインは小さく微笑んだ。わぁ、と小さな声が上がる。声のした方を見ると、シオンが瞳《ひとみ》を輝《かがや》かせてエレインを見ていた。エレインのことだから他にも理由があるはずだが、シオンを見ていると口にするのは野暮《やぼ》かなという気になる。う～む、と神官さんが再び唸る。

「どうかしたんですか？」

「うむ、そのレオンハルトとやらじゃが……、一人にしていいんか？」

　クロノはレオンハルトの方を見た。シフ達は野営の準備中、リザードマンは仲間同士で纏《まと》まっている。リオがこちらに来たこともあって一人だ。

「気にすることはないんじゃないかな？」

「冷たいヤツじゃのぅ」

　肩《かた》を竦めるリオに神官さんが非難がましい口調で言う。

「なら自分で行ったらどうだい？」

「話したこともないワシに来られても迷惑《めいわく》なだけじゃと思うが……」

神官さんがこちらに視線を向け、クロノは顔を背《そむ》けた。

「なんで、顔を背けるんじゃ⁉」

「流れ的にお鉢《はち》が回ってきそうだったんで」

「そこまで分かってて……」

クロノが正直に答えると、神官さんは呻いた。小さく溜息を吐き、立ち上がる。

「おおッ、行く気になったか⁉」

「いえ、トイレに行こうかと」

「お主というヤツは……」

神官さんが呻き、クロノは視線を巡らせた。やはり、トイレはない。野営地から見えない所でするしかない訳だが——。リオに視線を向ける。

「クロノ、ボクは乙女《おとめ》の自分を大切にしたいんだ」

「いや、ツレションの誘いではなく」

「クロノにはデリカシーが足りないね」

ツレションという言葉がマズかったのか、リオは深々と溜息を吐いた。

「それで、ツレションの誘いでないなら何なんだい？」

「道に迷った時は迎《むか》えに来て下さい」

「用を足すのに何処《どこ》まで行くつもりなのさ」

「野営地から離れるつもりはないけど、植物の密度が濃《こ》い所は音が遮断《しゃだん》されたり、地面がでこぼこして真《ま》っ直《す》ぐ進めなかったりで迷いやすいって聞くからね。念のため」

「分かった。そういうことなら迎えに行くよ」

「ありがとう」

クロノは礼を言って、原生林に向かった。野営地から少し離れた所にいい感じの茂《しげ》みがあったので、その陰に隠《かく》れる。トイレに行って遭難《そうなん》したんじゃ笑い話にもならないな～とそんなことを考えながら用を足していると すぐ近くの茂みが揺れた。突然の出来事に途中《とちゅう》で止まってしまう。茂みがガサガサと揺れ、ハイイロが顔を覗《のぞ》かせる。

「なんだ、ハイイロか。驚《おどろ》かさないでよ」

「俺、こっち」

え⁉ と肩越《かたご》しに背後を見る。すると、シロとハイイロがいた。じゃあ、こっちのハイイロは？ と茂みに向き直る。すると、ハイイロが立ち上がった。いや、ハイイロは背後にいるのだから別人だ。それは——。

「蛮刀狼……」

クロノは小さく呟《つぶや》き、蛮刀狼と股間《こかん》を交互に見た。蛮刀狼から逃《に》げながらしまうべきか、それともしまった後で蛮刀狼から逃げるべきか選ばなければならない。だが、クロノが決断を下すよりも速く蛮刀狼が腕を振《ふ》り上げた。手にはナイフのような爪《つめ》が生え揃《そろ》っている。蛮刀狼が腕を振り下ろし、クロノは自分が死んだと思った。その時、ぐいっと襟首《えりくび》を引かれた。爪が鼻先を通りすぎる。恐《おそ》らく、シロか、ハイイロが助けてくれたのだろう。

残念ながら安堵《あんど》している暇《ひま》はない。次の攻撃《こうげき》を仕《し》掛《か》けようと蛮刀狼は腕を振り上げている。ふっと体が軽くなる。シロとハイイロがクロノを両脇《りょうわき》から抱《だ》きかかえたのだ。M字開《かい》脚《きゃく》、もとい、二人で負傷者を搬送《はんそう》する向かい抱き搬送に近いポーズだ。二人はそのまま反転しようとし——。

「ぎゃーッ！」

クロノは叫んだ。二人が反対方向に反転しようとしたせいで股《また》が裂《さ》けそうになったのだ。二人はハッとしたような表情を浮かべた。そして、シロを軸《じく》に反転、地面を蹴《け》って走り出す。ホッと息を吐いたその時、ある知識——熊に遭遇《そうぐう》したら逃げてはいけない——を思い出した。何でも熊には逃げる獲物《えもの》を追いかける習性があるんだとか。恐る恐る背後を見ると、蛮刀狼が追いかけてきていた。

「シロ、ハイイロ、スピードアップ！」

「「了解《りょうかい》！　俺達、鍛《きた》えてるッ！」」

シロとハイイロがクロノを抱《かか》えたまま加速する。光が見える。野営地が近いのだ。そこでクロノはまだしまってないことに気付いた。

「二人ともストップ！」

「「無理ッ！」」

二人はさらにスピードを上げ、光の中に飛び込《こ》んだ。野営地以外の場所であって欲しいと心から願う。だが、クロノの願いは通じなかった。やはり、そこは野営地だった。

「「敵襲《てきしゅう》ッ！」」

二人が大声で叫び、バサッという音が響《ひび》く。蛮刀狼が原生林から飛び出してきたのだろう。二人がスピードを緩《ゆる》めないのがその証左だ。野営地がざわめく。それはそうだ。ぶらぶらさせながらシロとハイイロに抱きかかえられているのだから。

「「後輩！　出番ッ！」」

「後輩《こうはい》扱《あつか》いは勘弁《かんべん》して欲しいでありますが、このフェイ・ムリファインお呼びとあらば即《そく》参上でありま――ぎゃーッ！」

二人の叫びに応じるかのようにフェイが前方に姿を現す。だが、クロノがぶらぶらさせているると分かると踵《きびす》を返して逃げ出した。狼にも逃げる獲物を追いかける習性があるのか、二人がフェイの後を追う。

「「後輩、戦うッ！」」

「クロノ様がぶらぶらさせている間は無理でありますッ！」

そう言って、フェイはこともあろうにエレイン達——エレイン、シオン、リオ、神官さんのもとに向かった。

「お助けでありますッ！」

「「「——ッ！」」」

フェイが叫び、シオン、リオ、神官さんの三人がこちらを見る。そして——。

「「「きゃーッ！」」」

三人は可愛らしい悲鳴を上げて逃げ出した。ちなみにエレインは平然としている。その態度が『騒《さわ》ぐほどのものじゃないわね』と言っているようで微妙《びみょう》に傷付く。その時、閃光《せんこう》がクロノ達の真横を通り過ぎた。肩越しに背後を見ると、レオンハルトが蛮刀狼を一刀のもとに斬《き》り伏《ふ》せる所だった。

「ストップ！」

「「俺達、止まる！」」

クロノが大声で叫ぶと、シロとハイイロは急停止した。クロノを地面に下ろす。

「うう……、ひどい目に遭《あ》った」

涙《なみだ》を堪《こら》えながらぶらぶらさせていたものをしまうと、ミノが駆け寄ってきた。

「大将！」

「大将、無事で——ぶふッ！」

「体は無事だけど、心は傷だらけだよ」

ミノが噴《ふ》き出し、クロノは俯《うつむ》いた。上目遣いに周囲の様子を窺《うかが》う。シオン、フェイ、リオ、神官さんは遠巻きにこちらを見ている。その時、シフがこちらにやって来るのが見えた。いつもと変わらぬ表情に見えるが、笑いを堪えているに——いや、止めよう。これは被害妄想《ひがいもうそう》だ。シフはクロノの前で立ち止まると背筋を伸《の》ばした。

「クロノ様、救出に行けず申し訳ございません」

「気にしないで下さい」

「お心遣《こころづか》い、ありがたく存じます」

シフは頭を下げ、レオンハルトに視線を向けた。気になることでもあるのか、レオンハルトは跪いて蛮刀狼を見ている。

「どうかしたんですか？」

「はい、蛮刀狼の様子が気になりまして……」

「じゃあ、確認《かくにん》に行きましょう」

「あっしも行きやす」

クロノが歩き出すと、ミノとシフが付いて来た。クロノ達《たち》に気付いたのか、レオンハルトが立ち上がり、こちらに向き直る。

「クロノ殿《どの》、災難だったね」

「はい……」

レオンハルトが困ったような表情を浮かべ、クロノは頷いた。ところで、と続ける。

「何か気になることでも？」

「見たまえ」

クロノは蛮刀狼の死体に視線を向けた。死体は俯《うつぶ》せに倒《たお》れている。お陰でレオンハルトが何を気にしていたのかすぐに分かった。蛮刀狼の背中には無数の傷があった。

「剣《けん》による傷ですね」

「打撲《だぼく》もあるようだがね」

レオンハルトが肩を竦め、クロノはシフに視線を向けた。

「心当たりは？」

「ございません。交易路を整備する際に何度か蛮刀狼と遭遇しましたが、火の刻印術《こくいんじゅつ》を使い、手傷を負わせることに専念しました」

クロノの問いかけにシフは淀《よど》みなく答えた。

「それは蛮刀狼に警戒心《けいかいしん》を持たせるため？」

「その通りです。これで火の近くに人間――脅威《きょうい》が存在すると認識《にんしき》するようになってくれればいいのですが……」

「クロノ殿……」

シフが溜息交じりに言うと、レオンハルトがこちらを見た。

「何でしょう？」

「野生動物は火を恐れると聞いたことがあるのだが？」

「僕もそう聞いた覚えがありますが、昔読んだ本には動物は火を恐れないという記述がありました。動物が火を恐れるのは近くに人間がいると学習した結果だとも」

「相変わらず博識なのだね」

「いえ、偶々《たまたま》です」

レオンハルトが感心したように言い、クロノは頭を掻《か》いた。元の世界で読んだ漫画《まんが》の知識なのでちょっと恥ずかしい。

「シフ殿でないとすると……」

クロノは口籠もり、北──神聖アルゴ王国のある方向を見つめた。嫌な予感がする。悩《なや》んだ末に口を開く。

「少数のチームを編成して先行させましょう」

「人選は？」

「ならば我々が……」

レオンハルトの問いかけにシフが名乗りを上げる。だが──。

「何が起きているのか正確に把握したいので僕が行きます。あとはフェイ、リオ、レオンハルト殿の三名で」

「将校斥候《せっこう》というヤツだね」

「ええ、まあ、そんな感じです」

レオンハルトの言葉にクロノは口籠もりながら頷いた。何が起きているのか正確に把握したいという思いに嘘はない。だが、このメンバーならば守ってもらえそうという下心もあったのでちょっと後ろめたい。

嫌な予感が外れればいいな～、とクロノは北の空を見つめた。

※

朝――イグニスは小高い丘《おか》の上から湖とその畔《ほとり》に広がる古い街並みを眺《なが》めた。街の名はメラデという。フォマルハウト家が代々守護してきた街であり、初代国王が『この街は小さな王都だ』と言ったことから小王都の異名を持つ。恐らく、王都と同じく大軍で攻め込《せ》むのに適さない土地という意味だろう。あるいは王都が落とされた時に反攻《はんこう》の拠点《きょてん》にしようと考えていたか。

反攻の拠点という言葉に皮肉めいたものを感じてイグニスは嗤《わら》った。確かにメラデは大軍で攻め込むのに適さない。どの国からも距離《きょり》があり、主要な街道からも距離があるからだ。メラデを攻め落とそうとすれば寡兵《かへい》での戦闘《せんとう》を余儀《よぎ》なくされるばかりか、脆弱《ぜいじゃく》な補給線をも抱えさせられることになる。これは戦時において大きな強みだ。だが、平時においては弱みとなる。メラデ――フォマルハウト領は流通に難があり、容易《たやす》く陸の孤島《ことう》と化すということなのだから。これでは反攻どころか、力を蓄《たくわ》えることさえできない。

せめて自由に動くことができれば、とイグニスは溜息を吐き、背後に向き直った。丘の麓《ふもと》にある練兵場《れんぺいじょう》では百人あまりの兵士が訓練に励《はげ》んでいた。動きはぎこちなく、敵兵と戦うどころか街のチンピラにも後《おく》れを取りかねない。当然か。彼《かれ》らは新兵なのだから。彼らを一人前の兵士にする。それがイグニスに与《あた》えられた任務だった。

王国は先の戦争で多くの兵士を失った。一日でも早く軍を再編しなければならない。それが表向きの理由だが、実際には懲罰《ちょうばつ》の意味合いが強い。もちろん、イグニスにも思う所はある。あの時、軍を率いていたのは純白神殿《じゅんぱくしんでん》の神祇官《しんぎかん》だった。まず神祇官の、次に無茶《むちゃ》な人事を通した純白神殿の責任を問うのが筋というものだろう。だが、神祇官一人の責任で済ませるには死傷者が多すぎた。だから、現場の人間が目に見える形で責任を取る必要があったのだ。こうして、イグニスは中央から遠ざけられることになった。軍を再編する名目で五千いた精鋭《せいえい》の内四千五百を奪われて。

全て神殿派の思惑《おもわく》通りに違《ちが》いない。誤算があるとすればマグナス国王がケフェウス帝国《ていこく》に支援《しえん》を要請《ようせい》したことだろう。この決定にも思う所はある。だが、これもイグニスの非力さが招いたことだ。異を唱える資格などありはしない。

とはいえ、暗澹《あんたん》たる気分を抱《いだ》くことくらいは許して欲しい。この後、今回の作戦に従事する帝国の部隊を出迎《でむか》えなければならないのだから。しかも、その部隊を率いるのはクロノ・クロフォードだ。因縁《いんねん》の相手、仇敵《きゅうてき》と言い換《か》えてもいい。だが、それと同時に共感を覚える相手でもあった。何しろ、自分達は先の戦いで上層部の思惑に振り回された者同士なのだから。もちろん、口にはできないが――。

どの面下げて会えばいいのやら、と溜息を吐《つ》いたその時、兵士達が動きを止めた。皆、同じ方向を見ている。新兵達が見ている方向に視線を向けると、純白神殿の大神官アルブスがやって来る所だった。一人ではない。白銀の鎧《よろい》を身に纏った男達に守られている。アルブスは立ち止まると小さく微笑《ほほえ》んだ。

「純白神殿の大神官殿が我《わ》が領地にどのようなご用向きか？」

「隣の――アヴィオール領で説法があり、そのついでです」

「お暇なようで羨《うらや》ましい」

「貴様！」

「お止めなさい」

イグニスが嫌《いや》みを言うと、白銀の鎧を身に纏った男の一人が足を踏《ふ》み出した。だが、アルブスが軽く手を上げて制す。

「ご迷惑をお掛《か》けして申し訳ありませんでした。では、私はこれで……」

「次に来られる時は事前に連絡《れんらく》を頂きたい。大神官殿の舌に合うか分からないが、香茶くらいはご馳走《ちそう》しよう」

「ええ、そうさせて頂きます」

アルブスはにっこりと笑い、踵を返して歩き出した。視線を上げると、練兵場から離《はな》れた場所に箱馬車が止まっていた。アルブスが乗り込み、箱馬車が動き出す。その時、騎兵《きへい》がこちらに駆けてくるのが見えた。

伝令！　と騎兵は叫びながら新兵達の間を駆け抜けた。イグニスから数メートル離れた所で馬から飛び下りる。いや、落馬したというべきか。

「バン隊長から伝令！　巡回中《じゅんかいちゅう》に魔物《まもの》の襲撃《しゅうげき》を受けましたッ！」

「魔物の襲撃？　どういうことだッ？」

「えっと、その、原生林沿いの道を巡回していた所、魔物の襲撃を受けて……」

問い質すが、伝令の説明は要領を得ない。

「魔物としか言い様のない生き物に襲撃を受けたということでいいか⁉」

「はい、その通りです！　現在、交戦中ですッ！」

イグニスの問いかけに伝令は背筋を伸ばして答えた。わざわざ伝令を送ってきたということは苦戦しているということか。すぐに応援《おうえん》を、いや——。

「新兵は訓練を続けろ！　私達はバンのもとに向かうッ！」

イグニスは新兵に命令を下し、自身の馬のもとに向かった。ふとアルブスの顔が脳裏《のうり》を過《よぎ》る。あの男ならばそれくらいやるだろうと妙《みょう》に納得《なっとく》した気分だった。

※

伝令に案内され、イグニスはバン達が襲撃を受けた現場に辿《たど》り着いた。バン達は負傷者を庇《かば》うように円陣《えんじん》を組んでいる。幸いにもというべきか、死者は出ていないようだ。もっとも、手放しには喜べない。というのもバン達を守ってクロノ・クロフォードを始めとする四人の男女が魔物と戦っていたからだ。

どの面下げてと悩んでいた矢先に再会するとは何ともタイミングが悪い。しかも、あれからどんな経験を積んだのか。クロノは刻印を浮《う》かび上がらせている。ますますどんな顔をすればいいのか分からなくなる。

「どうしますか？」

「――――ッ！」

伝令の問いかけに答えず、馬を加速させる。こちらに気付いたのだろう。クロノがこちらを見る。状況《じょうきょう》を理解していないのか、きょとんとしている。剣を引き抜《ぬ》き、心の中で神に祈《いの》りを捧《ささ》げる。神威術《しんいじゅつ》・祝聖刃《しゅくせいじん》――刃が赤い光に包まれる。そのまま剣を振り抜く。ごとりと首が落ちる。背後からクロノを襲《おそ》おうとしていた魔物の首だ。馬から飛び下り、近くにいた魔物を両断する。

「イグニス将軍……」

「……」

クロノが小さく呟くが、イグニスは無言で背中を向けた。肩越しに視線を向ける。

「背中を貸してやる。正面の敵に集中しろ」

「ありがとうございます」

クロノは礼を言って背を向けた。イグニスとクロノは背中合わせに魔物と対峙《たいじ》した。

終章『敵意』

異端審問官達《いたんしんもんかんたち》は上手《うま》くやったでしょうか？　とアルブスは箱馬車に揺《ゆ》られながら自問し、自身の身勝手さに苦笑《くしょう》した。蛮刀狼《ばんとうおおかみ》は実在を疑われていた生物だ。獣《けもの》のように追い立てられるか分からない。さらにいえば異端審問官は狩猟《しゅりょう》の専門家ではない。仮に上手く追い立てられたとしてもイグニス将軍がいる。彼ならば蛮刀狼の十匹《じゅっぴき》や二十匹《にじゅっぴき》容易《たやす》く始末できるはずだ。元より説法のついで。思い付きで実行した策だ。成功する公算は低い。分かっていたことだ。にもかかわらず、異端審問官達が上手くやったか期待してしまった。それゆえの苦笑だ。もちろん、上手くいく可能性はある。民草に被害《ひがい》が及《およ》ぶ可能性も。

だが、それがどうしたという気持ちもあった。マグナス国王は敵国――ケフェウス帝国に支援を要請した。それに比べればまだマシではないか、敵国に助けを求めるくらいならば漆黒神殿《しっこくしんでん》の大神官《だいしんかん》――王国の黎明期《れいめいき》から生きるバケモノに助けを求めればいいではないかとも。あのバケモノはイグニス将軍を気に入っている。イグニス将軍の頼《たの》みならば無下にはしないはずだ。それとも、マグナス国王は本気で神殿と袂《たもと》を分かつつもりなのだろうか。それこそまさかだ。王権の正統性は神殿によって担保されているのだ。だからこそ、王位継承《けいしょう》に伴《ともな》うトラブルを最小限に抑《おさ》えられたというのに。

愚《おろ》かな、とアルブスは座席の背もたれに寄り掛かった。さりとて愚かで終わらせる訳にもいかない。イグニス将軍、ひいてはケフェウス帝国の動向を探《さぐ》らねばならない。残念ながら適当な手駒《てごま》がないので蒼神殿《あおしんでん》の大神官レウムに協力を仰《あお》ぐことになるが――。

王室派にも我々の協力者がいる状況でどうするつもりなんですかね？　とアルブスは小さく微笑んだ。

あとがき

　このたびは「クロの戦記13　異世界転移した僕が最強なのはベッドの上だけのようです」をお買い上げ頂き、誠にありがとうございます。今まさに書店であとがきをご覧になっている方は勇気を出して、勇気を出してレジにお持ち頂ければと思います。

　はい、という訳で13巻です。つい先日、12巻のあとがきを書いていたような気がするのですが、月日が経つのは早いものです。歳を取ると時間の流れを早く感じるようになるという話も聞くので私が歳を取っただけかも知れません。ともあれ、これからも楽しんで頂けるように頑張っていきますのでよろしくお願いいたします。

　さて、13巻は神聖アルゴ王国の王室派への支援が決定し、クロノが各所に根回しをしたり、ピスケ伯爵が中間管理職として辛い目にあったりという内容になっております。もちろん、肌色描写も頑張ってます。見所はクロノの強制M字開脚シーンです！　はい、嘘です。いえ、嘘ではありませんが、肌色シーンはティリアに頑張って頂きました。シオンさんも頑張ってます。

表紙を飾るのはババアこと漆黒神殿の大神官です。クロノに『神官さん』という名前をもらった彼女ですが、最後に登場したのは4巻だったので9巻ぶりになります。やはり表紙を飾るからには活躍を期待されているはずと考え、活躍を盛らせて頂きました。漆黒神殿の大神官というか、神人に相応しい活躍になっていればと思います。といっても盛ったのは神官さんだけではなく、全体的にがっつり加筆・修正させて頂きましたので楽しんで頂ければいいな〜と思います。

続いて謝辞を。担当S様、いつもお世話になっております。毎度のことながらページ数関連でご迷惑をお掛けして申し訳ありません。むつみまさと先生、いつも素敵なイラストをありがとうございます。神官さんの格好いい姿を拝見できて大満足です。

最後にちょっと長めの宣伝を。すでにご覧になった方もいらっしゃるかと思いますが、少年エースplus様にて連載中の漫画「クロの戦記Ⅱ」がなんとボイスコミックになりました！　なんだってーッ！　はい、こちらYouTubeのエースこみっくチャンネル様にて無料配信中です。私も原作者として台本のチェックなどに携わっています。当然といえば当然なのですが、作品をボイスコミックにして頂くのは初めての経験でして「はぇ〜、発音の確認なんてするんだ」とか、「どなたに演じて頂くか意見を聞かれるんだ」とか驚きがいっぱいでした。

ちなみに発音の確認は「〇〇は××と同じ発音でOKですか？」と台本に書かれていてYes、Noで答えるのですが、私は声に出して読んでいる内に何が正しい発音なのか分からなくなり、音声データを作成しました。Yes、Noで答えなければならないのに音声データを作成するのはどうなんだろう？　質問に質問を返すくらいの暴挙なのではないか？　面倒臭い子って思われないかしら？　と悩みましたが、心配していたことは何も起こりませんでした。

そんなこんなで完成したボイスコミック「クロの戦記Ⅱ」はYouTubeのエースこみっくチャンネル様にて無料配信中です。皆様のアクセスをお待ちしております！

え～、話が前後するようで恐縮ですが、漫画「クロの戦記Ⅱ」は少年エースplus様にて大好評連載中であります！　ユリシロ先生の描く迫力のバトル&肌色シーンを堪能して頂ければと思います。あと、書き下ろし特典SS付きレイラさん抱き枕カバー大好評発売中です。ご興味を持って頂けましたらホビージャパン様のオンラインショップにアクセスお願いします。小説版、漫画版ともども「クロの戦記」をよろしくお願いいたします。

それでは!!

神聖アルゴ王国へと侵入し、
イグニス将軍と合流したクロノ。
戦争でその身を削りあった強敵として互いを信頼する二人は、
神殿勢力との戦いのため一時だけの共闘関係を結ぶことに。
2024年春、発売予定!!

国家間戦争を起こすことなく
目的を達成するため、
クロノはとある作戦を用意していて!?

強敵イグニスと
クロノが共闘!?

クロの戦記14

異世界転移した僕が最強なのは
ベッドの上だけのようです

HJ文庫 https://firecross.jp/
1125

クロの戦記13

異世界転移した僕が最強なのはベッドの上だけのようです

2023年12月1日　初版発行

著者――サイトウアユム

発行者―松下大介
発行所―株式会社ホビージャパン

〒151-0053
東京都渋谷区代々木2-15-8
電話　03(5304)7604（編集）
　　　03(5304)9112（営業）

印刷所――大日本印刷株式会社

装丁――木村デザイン・ラボ／株式会社エストール

Printed in Japan

ISBN978-4-7986-3355-8　C0193